suhrkamp taschenbuch 1635

Jonathan Carroll, geboren 1949, studierte an mehreren amerikanischen Universitäten Englische Literatur und »Creative Writing«. Heute unterrichtet er an der American International School in Wien. 1980 veröffentlichte er seinen Erstlingsroman *Das Land des Lachens* (st 1247), der inzwischen zu einem Untergrundklassiker geworden ist. Ebenfalls im Suhrkamp Verlag erschien *Laute Träume.* Roman (st 1442).

Neben seinen phantastischen Romanen hat Jonathan Carroll im Lauf der Jahre auch eine Anzahl von Kurzgeschichten geschrieben, die nun in diesem Band gesammelt sind. Eine Vorstellung zieht sich wie ein Leitmotiv durch viele dieser Erzählungen: die Macht des Wünschens, die Verwandlung von Fiktion in Fakt. Das kann durch artistische Meisterschaft oder durch eine übergroße Sehnsucht geschehen. Die Gestalten in diesen Geschichten sind meist mit märchenhaft anmutenden Fähigkeiten ausgestattet. Die Zeit, in der das Wünschen noch geholfen hat, ist in diesen Geschichten noch nicht vorbei, aber geholfen ist den Protagonisten damit selten. Dem Überfluß an guten Dingen sind sie häufig nicht gewachsen, und das ersehnte Paradies entpuppt sich nicht selten als Hölle – einmal gar ganz im wörtlichen Sinne. Der Autor hält auch sonst einige Überraschungen für den Leser bereit. Die Hölle, das sind bekanntlich die anderen: die Hölle ist aber, wie Carroll zeigt, vor allem man selbst.

Jonathan Carroll
Die panische Hand

Erzählungen

Aus dem Amerikanischen
von Franz Rottensteiner

Suhrkamp

Redaktion und Beratung: Franz Rottensteiner
Zurück auf die Schulbank erschien erstmals in *Phantastische Zeiten* (st 1307), *Florian* und *Mein Zündel* in *Der Eingang ins Paradies* (st 1566) und *Freund des Menschen* in *Seltsame Labyrinthe* (st 1443).
Umschlagillustration: Beverly Carroll

suhrkamp taschenbuch 1635
Erstausgabe
Erste Auflage 1989

Satz: Uhl + Massopust, Aalen
Druck: Nomos Verlagsgesellschaft, Baden-Baden
Printed in Germany
Umschlag nach Entwürfen von
Willy Fleckhaus und Rolf Staudt

1 2 3 4 5 6 – 94 93 92 91 90 89

Inhalt

›OVO-
VIEL.‹

Mr. Fiddlehead

An meinem vierzigsten Geburtstag lud mich Lenna Rhodes zum Mittagessen ein. Das ist Brauch bei uns – wenn eine von uns Geburtstag hat, gibt es ein Mittagessen, ein hübsches Geschenk und einen angenehmen, fröhlichen Nachmittag, um den Umstand zu überspielen, daß wir schon wieder einen Schritt die Treppe hinunter zurückgelegt haben.

Wir hatten einander vor Jahren kennengelernt, als wir zufällig in dieselbe Familie einheirateten: sechs Monate, nachdem ich Eric Rhodes mein Jawort gegeben hatte, gab sie ihres seinem Bruder Michael.

Lenna bekam das bessere Ende *dieser* Verbindungen ab: sie und Michael finden noch immer Gefallen aneinander, während Eric und ich uns über alles und nichts stritten und uns dann scheiden ließen.

Zu meiner Überraschung und Erleichterung waren sie jedoch während meiner Scheidung eine große Hilfe für mich, obschon es wohl nicht ganz einfach war, einige der Dornenhecken unserer Familien- und Blutsbande zu überwinden.

Sie bewohnen eine geräumige Wohnung auf der 100th Street mit langen Fluren und wenig Licht. Die Düsternis der Wohnung wird einem aber kaum bewußt, weil überall das Spielzeug der Kinder verstreut ist, farbenprächtige Jacken aufgetürmt übereinanderliegen, Kaffeetassen mit Aufschriften wie »Die großartigste Mutter der Welt« und »Dartmouth« herumstehen. Ein Haus voller Liebe und Geschäftigkeit, an den Wänden hängen Kinderzeichnungen neben Erinnerungszetteln, *La Stampa* zu kaufen. Michael ist Besitzer eines hocheleganten Ladens für Füllfederhalter, während Lenna als freie Journalistin für *Newsweek* arbeitet. Ihre Wohnung gleicht ihrem Leben: hohe Decken, wohlüberlegt, überquellend von interessanten Kombinationen und Möglichkeiten. Es ist immer schön, sie zu besuchen und eine Zeitlang daran teilzuhaben.

Mit meinen vierzig Jahren fühlte ich mich eigentlich recht wohl. Endlich hatte ich etwas Geld auf der Bank, und jemand, den ich gern hatte, sprach von einem gemeinsamen Frühjahrsurlaub in Ägypten. Vierzig war ein Meilenstein, aber das hatte im Augenblick nicht viel zu bedeuten. Ich hielt mich bereits für leicht mittelalterlich, aber ich war gesund, und meine Zukunftsaussichten standen gut, also, was den Beginn meines fünften Jahrzehnts anging, was soll's.

»Du hast dir das Haar schneiden lassen!«

»Gefällt es dir?«

»Sieht sehr französisch aus.«

»Ja, aber *gefällt* es dir?«

»Ich glaube schon. Ich muß mich erst daran gewöhnen. Komm herein.«

Wir saßen im Wohnzimmer und speisten. Elbow, ihr Bullterrier, legte seinen Kopf auf mein Knie und ließ den Tisch nicht aus den Augen. Nach dem Essen räumten wir die Teller ab, und sie überreichte mir ein rotes Schächtelchen.

»Ich hoffe, das gefällt dir. Ich habe sie selbst gemacht.«

In dem Schächtelchen befand sich ein Paar der schönsten Goldohrringe, die ich je gesehen hatte.

»Mein Gott, Lenna. Sie sind einmalig! Du hast sie gemacht? Ich habe gar nicht gewußt, daß du Schmuck machst.«

Sie wirkte auf glückliche Weise befangen. »Gefallen sie dir? Sie sind aus echtem Gold, ob du es glaubst oder nicht.«

»Ich glaube dir. Das ist Kunst! Du hast sie gemacht, Lenna? Ich kann es kaum fassen. Sie sind wirklich Kunstwerke; sie sehen aus wie etwas von Klimt.« Ich nahm sie sorgfältig aus dem Schächtelchen und legte sie an.

Sie klatschte wie ein junges Mädchen in die Hände. »Oh, Julia, sie sehen blendend aus!«

Unsere Freundschaft bedeutet uns wirklich viel, und ihr Anfang liegt lange zurück, aber dies – das war ein Geschenk fürs ganze Leben – eines, das man einem Geliebten oder jemanden machte, der einem das Leben gerettet hat.

Ehe ich ihr das sagen konnte (oder sonst etwas), ging das Licht aus. Ihre beiden kleinen Söhne brachten den mit nicht weniger als vierzig Kerzen geschmückten Geburtstagkuchen herein.

Ein paar Tage später schlenderte ich durch die Madison Avenue, und da mir dort etwas in die Augen stach, blickte ich in das Schaufenster eines Juweliers. Da waren sie – meine Geburtstagsohrringe. Genau die gleichen. Als ich mit offenem Mund genauer hinsah, erkannte ich das Preisschildchen. Fünftausend Dollar! Ich stand da und sperrte bestimmt minutenlang den Mund auf. Wie man es auch betrachtete, es war schockierend. Hatte sie mich angelogen, als sie sagte, sie hätte sie selbst gemacht? Hatte sie fünftausend Dollar für mein Geburtstagsgeschenk ausgegeben? Lenna war keine Lügnerin, aber sie war auch nicht reich. Hatte sie sie also in Messing oder dergleichen nachgemacht und bloß *gesagt*, daß sie aus Gold seien, damit ich mich geschmeichelt fühlte? Das sah ihr auch nicht ähnlich. Was zum Teufel war da los?

Meine Verwirrung verlieh mir den Mut, auf der Stelle den Laden zu betreten. Oder eher, hinzugehen und auf die Klingel zu drükken. Nach kurzer Zeit ließ mich jemand ein. Die Verkäuferin, die hinter einem Vorhang hervorkam, sah aus, als hätte sie Radcliffe mit einem akademischen Grad in Hochnäsigkeit absolviert. Vielleicht mußte man das auch, um in einem solchen Laden arbeiten zu dürfen.

»Kann ich Ihnen helfen?«

»Ja. Ich würde gern das Paar Ohrringe sehen, das Sie im Schaufenster haben.«

Ein Blick auf meine Ohren änderte alles. Ich hatte sehr vertraute fünf Tausender am Ohr hängen. Der Ausdruck auf ihrem Gesicht verkündete, sie sei bereit, das ganze Leben meine Sklavin – oder meine Freundin – zu sein. Ich brauchte nur zu sagen, was davon.

»Ach ja, die Dixies.«

»Die was?«

Sie lächelte, als hätte ich mir einen Witz erlaubt. Es ging mir bald auf, daß sie geglaubt haben mußte, ich wüßte recht wohl, was »Dixies« waren, da ich selbst welche trug.

Sie holte sie aus dem Schaufenster und legte sie vorsichtig auf einem blauen Samtkissen vor mich. Sie waren wunderschön, und während ich sie bewunderte, vergaß ich eine Zeitlang gänzlich, daß ich selbst welche trug.

»Ich bin ganz überrascht, daß Sie ein Paar haben. Sie sind erst vor einer Woche in den Laden gekommen.«

Rasch entschlossen sagte ich: »Mein Mann hat sie mir gekauft, und sie gefallen mir so gut, daß ich mir überlege, auch für meine Schwester welche zu kaufen. Verraten Sie mir etwas über den Designer. Wie heißt er, Dixie?«

»Ich weiß nichts Genaues, Madam. Nur, daß der Ladeninhaber weiß, wer Dixie ist und woher sie kommen ... Und daß er, wer immer er ist, ein echtes Genie ist. Bislang haben anscheinend schon Bulgari und die Leute von der Memphis-Gruppe hier angefragt, wer er ist und wie sie mit ihm in Verbindung treten können.«

»Woher wissen Sie, daß es sich um einen Mann handelt?« Ich legte die Ohrringe hin und blickte sie unvermittelt an.

»Oh, ich weiß nicht. Die Arbeit ist eben so männlich, daß mir die Vermutung kam. Vielleicht haben Sie recht, vielleicht handelt es sich um eine Frau.« Sie hob einen Ohrring in die Höhe und hielt ihn ins Licht. »Ist Ihnen aufgefallen, daß sie das Licht weniger reflektieren als es vielmehr steigern? Goldenes Licht. Sie können es immer haben, wenn Ihnen danach zumute ist. So etwas habe ich noch nie gesehen. Ich beneide Sie.«

Sie waren echt. Ich ging zu einem Juwelier in der 47th Street, um sie schätzen zu lassen, dann zu den einzigen beiden Läden in der Stadt, die »Dixies« verkauften. Niemand wußte etwas über den Schöpfer, oder sie hielten, falls sie etwas wußten, den Mund. Beide Geschäftsleute waren höchst ehrerbietig und zuvorkommend, sagten aber kein Wort, wenn ich sie fragte, woher der Schmuck stammte.

»Man hat darum gebeten, nichts verlauten zu lassen, Madam. Wir müssen die Wünsche des Herstellers respektieren.«

»Aber handelt es sich um einen Mann?«

Ein geschultes Lächeln. »Ja.«

»Könnte ich mich durch Sie mit ihm in Verbindung setzen?«

»Ja, das ginge sicher. Kann ich Ihnen sonstwie behilflich sein, Madam?«

»Was hat er sonst noch entworfen?«

»Soviel ich weiß, lediglich die Ohrringe, die Füllfeder und diesen Schlüsselring.« Er zeigte mir die Feder, die nichts Besonderes war. Dann holte er einen kleinen goldenen Schlüsselring hervor, der das Profil einer Frau hatte. Lenna Rhodes' Profil.

Die Türglocke schlug an, als ich in den Laden trat. Michael hatte gerade einen Kunden und lächelte mir grüßend zu, zum Zeichen, daß er sich um mich kümmern würde, sobald er fertig war. Er hatte mit *Tinte* angefangen, als er das College verließ, und der Laden war von Anfang an ein Erfolg. Füllfederhalter sind launische und nachtragende Dinger, sie brauchen unsere ganze Aufmerksamkeit und Geduld. Doch haben sie auch eine Handvoll vom Glanz und der Eleganz der alten Welt; eine nervenberuhigende Gemächlichkeit, die keine andere Belohnung bietet als den Anblick glänzender Tinte, die feucht über eine trockene Seite fließt. Zu den Kunden von *Tinte* gehörten Reiche und weniger

Reiche, aber allen gemeinsam war das wilde Augenglitzern des Sammlers und das Verlangen des Süchtigen nach mehr. Mehrmals im Monat arbeitete ich hier, wenn Michael eine Aushilfe brauchte. Dabei lernte ich, wie alte »Bakelit«-Modelle und eine Vergoldung die Sammlerleidenschaft erwecken können.

»Hallo, Julia! Roger Peyton war heute früh da und hat den gelben Parker ›Duofold‹ gekauft. Den, den er sich schon monatelang angeschaut hat.«

»Endlich. Hat er den Preis voll bezahlt?«

Michael grinste und blickte zur Seite. »Rog kann sich nie den vollen Preis leisten. Ich überließ ihn ihm auf Raten. Was hast du auf dem Herzen?«

»Hast du je von einer ›Dixie‹-Feder gehört? Sie sieht ein bißchen wie die ›Santos‹ von Cartier aus.«

»›Dixie‹? Nein. Sie sieht wie die ›Santos‹ aus?« Sein Gesichtsausdruck verriet, daß er die Wahrheit sagte.

Ich zog den Prospekt aus dem Juwelierladen hervor und schlug die Photographie des Füllfederhalters auf. Er reagierte sofort, als ich sie ihm reichte.

»So ein Schuft! Wieviel muß ich mir von dem Kerl noch bieten lassen?«

»Du kennst ihn?«

Michael sah von dem Photo auf. In seiner Miene stritten Ärger und Verwirrung miteinander. »Ob ich ihn kenne? Gewiß kenne ich ihn. Er wohnt in meinem verdammten *Haus*, so gut kenne ich ihn! ›Dixie‹, eh? Niedlicher Name. Ein niedlicher Mann. Warte, ich zeig dir was, Julia. Warte hier. Geh nicht fort! So ein Mist.«

Hinter dem Ladentisch von *Tinte* befindet sich ein Spiegel. Als Michael in den Hinterraum des Ladens raste, betrachtete ich mein Spiegelbild und sagte: »*Jetzt* hast du es geschafft.«

Er war jedoch im Nu zurück. »Sieh dir das an. Willst du etwas Schönes sehen? Sieh dir das an.« Er reichte mir etwas in einem Etui aus blauem Samt. Ich öffnete es und sah ... den Dixie-Füllfederhalter.

»Aber du sagtest, du hättest nie von ihm gehört.«

Seine Stimme klang verletzt und laut. »Das ist *kein* Dixie-Füllfederhalter. Das ist ein Sinbad. Ein echter, solider, goldener Sinbad, hergestellt um 1915 in den Benjamin-Swire-Füllfederhalterwerken in Konstanz, Deutschland. Es geht ein Gerücht, daß er von dem italienischen Futuristen Antonio Sant' Elia entworfen wurde, aber das ließ sich nie beweisen. Hübsch, nicht wahr?«

Er war hübsch, aber er war so zornig, daß ich nicht gewagt hätte, das Gegenteil zu behaupten. Ich nickte eifrig.

Er nahm den Füllfederhalter wieder an sich. »Ich verkaufe seit zwanzig Jahren Füllfederhalter, aber in dieser ganzen Zeit habe ich nur zwei davon gesehen. Einer gehörte Walt Disney, und ich habe den anderen. Sammlerwert? Ungefähr siebentausend Dollar. Aber wie gesagt, sie sind einfach nicht aufzutreiben.«

»Werden die Dixie-Leute keinen Ärger bekommen, wenn sie ihn einfach imitiert haben?«

»Nein, denn ich bin überzeugt, sie haben entweder den Entwurf erworben, oder es gibt kleine Unterschiede zwischen dem Original und dieser neuen Feder. Zeig mir noch mal den Prospekt.«

»Aber du hast ein Original, Michael. Es hat noch immer seinen Wert.«

»Darum geht es nicht. Es ist nicht der Wert, der zählt. Ich würde ihn nie verkaufen.

Kennst du den klassischen Rund-Porsche? Ein höchst merkwürdiges, sehr schick aussehendes Auto unserer Zeit. Irgendein kluger Zyniker hat das erkannt und baut den Wagen jetzt nach – aus Fiberglas. Diese Imitationen sind sehr gut gemacht und enthalten die neuesten technischen Finessen.

Aber der Wagen ist eine Lüge, Julia: beriech ihn und er riecht nur nach heute – keine Plastikdinger und klug ausgedachte Vereinfachungen, die man nicht sieht. Für das Auto nicht wichtig, aber für das echte *Objekt* entscheidend. Das Wunderbare an dem Wagen war, daß ihn Porsche vor so langer Zeit so gut und so wohlüberlegt entwarf. Das ist Kunst. Aber die Kunst liegt in jedem Stückchen Original, nicht bloß im Aussehen oder der überzeugenden Nachahmung. Ich kann dir garantieren, daß deine Dixie-Feder innen, wo man es nicht sieht, zu viel Plastik hat, und eine goldene Federspitze, die vielleicht ein Drittel soviel Gold hat wie das Original. Sieht gut aus, aber mit ihren Vereinfachungen verfehlen diese Leute immer den Sinn des Ganzen.

Schau, du kommst früher oder später darauf, daher glaube ich, es ist besser, wenn du es jetzt erfährst.«

»Wovon redest du?«

Er holte das Telephon unter dem Ladentisch hervor und bedeutete mir, ein bißchen zu warten. Er rief Lenna an und schilderte ihr in ein paar Worten, wie ich die Dixies entdeckt hatte...

Er sah mich an, als er fragte: »Hat er dir gesagt, daß er sie gemacht hat, Lenna?«

Wie immer ihre lange Antwort ausfiel, seine Miene blieb völlig ausdruckslos. »Also ich bringe Julia mit. Ich möchte, daß sie ihn kennenlernt. Was? Weil wir das nicht so einfach hinnehmen können, Lenna! Vielleicht fällt ihr etwas ein, was man tun könnte. Glaubst du, daß das normal ist? Oh, du glaubst es? Das ist interessant. Glaubst du, es ist für *mich* normal?« Ein Tröpfchen Speichel sprang von seiner Lippe und flog durch den Laden.

Als Michael die Tür öffnete, stand Lenna unmittelbar dahinter, die Arme fest über der Brust verschränkt. Ihr weiches Gesicht war zu einer entschlossenen Herausforderung zusammengezogen.

»Was immer er dir erzählt hat, es stimmt sicher nicht, Julia.«

Ich streckte beide Hände in einer Geste der Unterwerfung empor. »Er hat mir gar nichts erzählt, Lenna. Ich möchte nicht einmal hier sein. Ich habe ihm bloß das Bild eines Füllfederhalters gezeigt.«

Was nicht ganz stimmte. Ich hatte ihm das Bild eines Füllers gezeigt, weil ich mehr über »Dixie« und wohl auch über meine Fünftausend-Dollar-Ohrringe in Erfahrung bringen wollte. Ja, manchmal stecke ich meine Nase in fremde Angelegenheiten. Mein ehemaliger Mann warf mir das allzuoft vor.

Die beiden Rhodes waren ruhige und vernünftige Menschen. Ich glaube nicht, daß ich je erlebt hatte, daß sie in einer wichtigen Sache wirklich verschiedener Meinung gewesen wären oder daß sie einander angeschrieen hätten.

Michael brummte: »Wo steckt er? Ißt er schon wieder?«

»Vielleicht. Und wenn schon? Du magst das, was er ißt, ohnehin nicht.«

Er wandte sich mir zu. »Unser Gast ist Vegetarier, seine Lieblingsnahrung sind Pflaumenkerne.«

»Oh, das ist *gemein*, Michael. Das ist wirklich gemein.« Sie drehte sich um und verließ das Zimmer.

»Also steckt er in der Küche? Gut. Los, Julia.« Er ergriff mich an der Hand und zog mich auf seinem Pirschgang nach dem Besucher hinter sich her.

Ehe wir ihn noch erreicht hatten, vernahm ich Musik. Ragtime – auf dem Klavier. Scott Joplin?

Ein Mann saß mit dem Rücken zu uns am Tisch. Er hatte langes rotes Haar, das ihm über den Kragen seiner Sportjacke fiel. Eine mit

Sommersprossen bedeckte Hand spielte mit dem Sendersuchknopf eines Radios.

»Mr. Fiddlehead? Darf ich Ihnen Lennas beste Freundin, Julia Skotchdopole, vorstellen?«

Er wandte sich um, aber bevor er noch seine Drehung vollendet hatte, wußte ich, daß ich geliefert war. Was für ein Antlitz! Ätherisch schmal, mit hohen Backenknochen und tief in den Höhlen liegenden grünen Augen, die fröhlich und tiefsinnig zugleich aussahen. Augen wie aus einem Märchenbuch, karottenfarbiges Haar und Sommersprossen überall. Wie kam es, daß Sommersprossen auf einmal so verflixt sexy wirkten? Das war etwas für Kinder und für niedlich gemachte Werbeanzeigen. Ich wollte jede einzelne an ihm berühren.

»Hallo Julia! ›Skotchdopole‹ heißen Sie? Das ist ein guter Name. Der würde mir auch gefallen. Wissen Sie, der ist weit besser als Fiddlehead.« Seine tiefe Stimme war in die Hängematte eines sehr ausgeprägten irischen Akzents eingebettet.

Ich streckte die Hand aus, und wir begrüßten uns. Ich schaute nach unten und ließ meinen Daumen einmal rasch und sanft über seinen Handrücken gleiten. Mir wurde heiß, und ich fühlte mich benommen, als würde jemand, den ich begehrte, zum ersten Mal mit der Hand sanft zwischen meine Beine fahren.

Er lächelte. Vielleicht spürte er es. Auf dem Tisch neben dem Radio stand ein gelber Teller mit etwas darauf. Um ihn nicht so peinlich anzustarren, konzentrierte ich mich darauf und stellte fest, daß der Teller voller Pflaumenkerne war.

»Mögen Sie welche? Sie schmecken vorzüglich.« Er nahm einen Stein von dem glänzenden orangebraunen Haufen und schob ihn in den Mund, biß darauf. Etwas krachte laut, als hätte er sich einen Zahn ausgebissen, aber er behielt sein Engelslächeln bei, während er mit den Zähnen mahlte.

Ich blickte Michael an, der bloß den Kopf schüttelte. Lenna kam in die Küche, umarmte Mr. Fiddlehead und gab ihm einen Kuß. Er lächelte bloß und aß weiter... die Steine.

»Julia, als erstes mußt du wissen, daß ich dir nicht die Wahrheit gesagt habe, was dein Geburtstagsgeschenk angeht. Ich habe diese Ohrringe nicht gemacht – Mr. Fiddlehead hat sie gemacht. Aber da er ich ist, habe ich nicht *wirklich* gelogen.« Sie lächelte, als sei sie überzeugt, ich wüßte, wovon sie sprach. Ich sah Michael hilfesuchend an, aber der stocherte im Kühlschrank herum. Der hübsche Mr. Fiddlehead aß noch immer.

»Was meinst du damit, Lenna, er ist ›du‹?«

Michael holte eine Tüte Milch heraus und nahm gleichzeitig aus der Schüssel eine Pflaume, die er mit übertriebener Gebärde seiner Frau anbot. Sie schnitt ein Gesicht und schnappte sie ihm aus der Hand.

Sie biß hinein und sagte: »Erinnerst du dich, daß ich dir erzählt habe, ich sei ein Einzelkind gewesen? Wie viele einsame Kinder löste ich mein Problem, so gut ich konnte – indem ich mir in der Einbildung einen Freund ausdachte.«

Meine Augen wurden groß. Ich sah den Rothaarigen an. Er blinzelte mir zu.

Lenna fuhr fort. »Ich ersann Mr. Fiddlehead. Ich las und träumte so viel, daß ich eines Tages alles zusammen zu meiner Vorstellung von einem vollkommenen Freund vereinigte: Zuerst einmal sollte er ›Mr. Fiddlehead‹ heißen, weil ich das für den komischsten Namen auf der Welt hielt, ein Name, der mich immer zum Lachen bringen würde, wenn ich traurig war. Dann mußte er aus Irland sein, denn Irland war die Heimat aller Faune und Elfen. Ich wünschte mir wirklich eine Art menschlichen Faun in Lebensgröße. Er mußte rotes Haar und grüne Augen haben und, wann immer ich wollte, die magische Fähigkeit, für mich goldene Armreifen und Schmuckstücke aus der Luft herbeizuzaubern.«

»Was den Dixie-Schmuck in den Läden erklärt?«

Michael nickte. »Er sagte, das Herumsitzen langweile ihn so, daß ich vorschlug, er solle doch etwas Nützliches tun. Alles war in bester Ordnung, solange er nur die Ohrringe und den Schlüsselring machte.« Er setzte das Glas heftig auf der Tischplatte auf. »Aber erst heute habe ich von den Füllern erfahren. Was ist *damit*, Fiddlehead?«

»Ich wollte es einfach mal ausprobieren. Mir gefielen die, die Sie mir zeigten, und darum wollte ich sie als Vorlage benutzen. Warum nicht? Vollkommenheit kann man nicht verbessern. Ich habe nichts weiter getan, als hier und da ein bißchen mehr Gold zu verwenden.«

Ich hob die Hand wie eine Studentin, die eine Frage hatte. »Aber wer ist Dixie?«

Lenna lächelte und sagte: »Ich. Das war der Geheimname, den ich für mich erfand, als ich klein war. Außer mir kannte ihn nur mein heimlicher Freund.« Sie streckte dem anderen den Daumen entgegen.

»Wunderbar! Also werden jetzt ›Dixie‹-Füllfederhalter, die nur eine armselige Nachahmung der Sinbads sind, von jedem Arschloch in New York gekauft, das sich eine Uhr von Piaget oder eine Aktentasche von Hermes leisten kann. Das macht mich krank.« Michael starrte den anderen wütend an und wartete kampflustig auf die Antwort.

Mr. Fiddleheads Antwort bestand darin, wie Woody Woodpekker zu lachen.

Was Lenna und mich aus dem Häuschen brachte.

Und was dazu führte, daß ihr Mann aus der Küche stürmte.

»Ist das wahr?« Sie nickten beide.

»Ich hatte ebenfalls einen Phantasiefreund, als ich klein war! Bimberguner. Aber ich habe ihn nie wirklich gesehen.«

»Vielleicht hast du ihn nicht wirklich genug gemacht. Vielleicht hast du ihn dir nur ausgedacht, wenn du traurig warst oder jemanden brauchtest, mit dem du reden konntest. In Lennas Fall war es so, daß ich um so wirklicher wurde, je mehr sie mich brauchte. Sie brauchte mich sehr. Eines Tages war ich für immer da.«

Ich schaute meine Freundin an. »Willst du damit sagen, daß er seit deiner Mädchenzeit hier ist? Mit dir lebt?«

Sie lachte. »Nein. Als ich größer wurde, brauchte ich ihn weniger. Ich war glücklicher und hatte mehr Freunde. Mein Leben war erfüllter. Darum war er weniger da.« Sie streckte die Hand aus und berührte seine Schulter.

Er lächelte, aber es war ein wehmütiges Lächeln voller Erinnerungen. »Ich kann ihr riesige Töpfe voller Gold verschaffen und gewaltige Tricks anstellen. Ich habe mich sogar im Bauchreden geübt und kann meine Stimme ein bißchen verstellen. Aber Sie wären überrascht, wie wenige Frauen Bauchredner mögen.«

»Entschuldigt mich bitte, ihr beiden, ich gehe lieber ins andere Zimmer und sehe mit den Jungen fern. Jetzt müßten die ›Drei Wesen‹ beginnen. Erinnerst du dich, wie uns diese Serie gefallen hat, Lenna? Ich glaube, eine Folge haben wir zehnmal gesehen. Diejenige, wo sie in Mexiko einen Friseursalon eröffnen?«

»Ja. Dir gefiel Moe und mir gefiel Curly.«

Sie strahlten einander bei der gemeinsamen Erinnerung an.

»Aber Moment mal. Wenn er ist..., was du behauptest, wie kommt es, daß er jetzt zurück ist?«

»Du hattest keine Ahnung davon, aber Michael und ich haben vor kurzem eine sehr schlimme Zeit durchgemacht. Er zog zwei

Wochen lang sogar aus, und wir glaubten beide, das wär's: die Ehe sei gelaufen. Eines Nachts kroch ich, heulend wie ein Schloßhund, ins Bett und wünschte mir inbrünstig, Mr. Fiddlehead wäre wieder da, um mir zu helfen. Und plötzlich war er da, er stand in der Badezimmertür und lächelte mich an.« Sie drückte erneut seine Schulter. Er legte seine Hand auf die ihre.

»Großer Gott, Lenna, was hast du getan?«

»Ich schrie! Ich erkannte ihn nicht.«

»Was meinst du damit?«

»Er war älter geworden! Der Mr. Fiddlehead, den ich mir als Kind vorgestellt hatte, war jetzt genau in meinem Alter. Vermutlich wurde er genauso wie ich älter. Klar.«

»Ich muß mich erst einmal setzen. Ich muß mich setzen, denn das war der merkwürdigste Nachmittag meines Lebens.« Fiddlehead sprang auf und bot mir seinen Platz an. Ich setzte mich. Er verließ das Zimmer, um mit den Jungen fernzusehen. Ich schaute ihm nach. Gedankenverloren ergriff ich Michaels halbleeres Milchglas und trank es aus. »Ist das alles wahr, was du mir erzählt hast?«

Sie hob die rechte Hand. »Ich schwöre es bei unserer Freundschaft.«

»Dieser hübsche Mann dort draußen ist ein alter Traum von dir?«

Sie zuckte mit dem Kopf. »Oh, du findest ihn hübsch? Wirklich? Ich glaube, daß er irgendwie komisch aussieht, um ehrlich zu sein. Ich mag ihn als Freund, aber –« Sie sah schuldbeladen nach der Tür: »Ich würde nie mit ihm ausgehen wollen oder so was.«

Aber ich wollte, und so taten wir es. Nach den ersten paar Rendezvous wäre ich mit ihm gegangen, um in der South Bronx Ratten zu jagen, wenn er das gewollt hätte. Wie erwartet, hatte ich mich total in ihn verknallt. Die Halslinie eines Mannes kann dein ganzes Leben verändern. Die Art, wie er in seinen Taschen nach Kleingeld sucht, kann einem das Herz flattern und die Hände kalt werden lassen. Wie er einen am Ellbogen faßt oder nach dem Knopf greift, der an der Hemdenmanschette offen geblieben ist – das sind Dämonen, die er losgelassen hat, ohne es überhaupt zu ahnen. Sie haben einen sofort im Griff. Er war ein durch und durch verführerischer Mann. Ich wollte mich seinem Eintritt in mein Leben würdig erweisen und mehr werden, als ich es mir früher zugetraut hatte.

Ich glaube, er begann mich auch zu lieben, aber er sprach nie davon. Bloß, daß er glücklich war oder daß er Dinge teilen wollte, die er in seinem Leben bisher allein behalten hatte.

Da er wußte, daß er früher oder später würde fortgehen müssen (er sagte nie *wohin*, und ich gab es auf, ihn danach zu fragen), schien er jede Vorsicht in den Wind geschlagen zu haben. Aber bevor ich ihn kannte, hatte ich nie etwas aufgegeben, auch nicht die Vorsicht. Ich hatte sorgfältig Zeitpläne studiert, zog jeden Morgen zuallererst das Bett glatt und haßte es, wenn der Abwasch in der Spüle liegenblieb. Mit vierzig war mein Leben angenehm überschaubar und geordnet. Den Überblick zu verlieren oder mich ins Ungewisse zu stürzen, lag mir nicht, und gewöhnlich sah ich Leute scheel an, die es taten.

An dem Tag, an dem ich ihm beibrachte, Racketball zu spielen, merkte ich, daß ich verliebt war *und* durcheinander. Nachdem wir den Ball eine Stunde lang hin und her gedroschen hatten, saßen wir in einem Lokal und tranken Coke. Mit zwei Fingern wischte er sich den Schweiß von der Stirn. Ein heißer, vertrauter Tropfen fiel auf mein Armgelenk. Ich legte rasch die Hand darauf und rieb ihn in die Haut ein, ohne daß er es bemerkte. Damals war mir klar, daß ich lernen mußte, alle Erwartungen, die ich hegen mochte, aufzugeben und allein in seinem Fahrwasser zu leben, ungeachtet dessen, wohin mich das führen würde. Von jenem Tag an war ich überzeugt, daß ich alles für ihn opfern würde, und ein paar Stunden lang fühlte ich mich als Heilige, als fanatische Gläubige, als Fleisch gewordene Liebe.

»Warum erlaubt dir Michael, hierzubleiben?«

Er fischte eine Zigarette aus meiner Packung. Er hatte vor einer Woche zu rauchen begonnen und Geschmack daran gefunden. Beinahe so sehr wie am Trinken, erklärte er. Der perfekte Ire.

»Vergiß nicht, daß er es war, der Lenna verließ. Nicht umgekehrt. Als er zurückkam, rutschte er fast auf den Knien vor ihr. Mußte er auch. Er konnte nicht viel dagegen sagen, daß ich da war. Besonders, nachdem er herausgefunden hatte, wer ich war. Hast du vielleicht Pflaumensteine?«

»Zweite Frage – warum um Gottes willen ißt du diese Dinger?«

»Leicht gesagt: weil Pflaumen Lennas Lieblingsobst sind. Als sie ein kleines Mädchen war, gab sie bloß für uns beide Teepartys. Musik von Scott Joplin, Phantasietee und echte Pflaumen. Sie aß die Früchte und legte mir dann die Kerne zum Essen auf den Teller. Ganz klar.«

Ich fuhr mit der Hand durch sein rotes Haar und es gefiel mir, wie sich meine Finger in seinen dicken Locken verfingen. »Das ist abscheulich. Fast wie Sklaverei! Warum bin ich bald so weit, daß ich meine beste Freundin gar nicht mehr so gern mag?«

»Wenn du mich magst, solltest du auch sie mögen, Julia – sie hat mich geschaffen.«

Ich küßte ihm die Finger. »*Diesen* Teil mag ich. Willst du nicht zu mir ziehen?«

Er küßte mir die Hand. »Ich würd's mir gern überlegen, aber ich muß dir sagen, daß es mich wohl nicht mehr allzulange geben wird. Aber wenn du willst, bleibe ich bei dir, bis ich, eh, verschwinden muß.«

Ich richtete mich auf. »Wovon redest du?«

Er hielt mir die Hand nahe vor das Gesicht. »Sieh genau hin, und du weißt es.«

Es dauerte einen Augenblick, aber dann war es deutlich: Aus einem bestimmten Blickwinkel konnte ich geradewegs durch die Hand hindurchsehen. Sie war leicht durchsichtig geworden.

»Lenna ist wieder glücklich. Es ist die alte Geschichte – wenn sie deprimiert ist, braucht sie mich und ruft nach mir.« Er zuckte die Schultern. »Wenn sie wieder glücklich ist, braucht sie mich nicht mehr und schickt mich fort. Unbewußt, aber ... Hör zu, wir wissen alle, daß ich ihr kleines Frankensteinungeheuer bin. Sie kann mit mir machen, was sie *will*. Sich sogar erträumen, daß ich gern beschissene Pflaumenkerne esse.«

»Das ist ungerecht!«

Seufzend richtete er sich auf und begann, sich das Hemd anzuziehen. »Es ist ungerecht, mein süßes Mädchen, aber so ist das Leben. Wir können nicht viel dagegen ausrichten.«

»Doch, wir können. Wir können etwas tun.«

Er stand mit dem Rücken zu mir. Ich erinnerte mich an das erste Mal, als ich ihn sah. Auch damals hatte er mir den Rücken zugekehrt. Das lange rote Haar war ihm über den Kragen gefallen.

Als ich nichts mehr sagte, wandte er sich um und schaute lächelnd über seine Schulter.

»Wir können etwas tun? Was können wir tun?«

Seine Augen waren sanft und liebevoll, Augen, die ich gern mein ganzes Leben lang gesehen hätte.

»Wir können sie traurig machen. Wir können veranlassen, daß sie dich braucht.«

»Wie meinst du das?«

»Genauso, wie ich es sage, Fiddy. Wenn sie traurig ist, braucht sie dich. Wir müssen herausfinden, was sie für eine lange Zeit traurig macht. Etwas, das mit Michael zusammenhängt. Oder den Kindern.«

Seine Finger hatten aufgehört, über die Knöpfe hin und her zu fahren. Schlanke Künstlerfinger. Sommersprossen.

Die panische Hand

Ich hatte gerade einen Lebensabschnitt hinter mir, wo sich ein Tag wie der andere dahinschleppte. Nichts klappte, nichts roch gut, nichts lächelte mich an, nichts paßte. Selbst meine Füße wurden aus irgendeinem geheimnisvollen Grund ein bißchen größer, und ich mußte mir drei Paar neue Schuhe kaufen. Stellen Sie sich das vor. Vielleicht versuchte mein Körper aus der alten, versehrten Haut auszubrechen, wie eine Schlange, und eine neue zu bilden.

Mitten in diesem düsteren Schlamassel traf ich Celine Davenant. Sie wohnte in München, fünf bequeme Eisenbahnstunden von Wien entfernt. Mit ihrer wunderschön biegsamen und einschmeichelnden Stimme arbeitete sie dort für eine englischsprachige Radiostation als Nachrichtensprecherin.

Am Freitagabend, nach der Arbeit, beeilte ich mich, zum Westbahnhof zu kommen, um den »Rosenkavalier« nach München zu erreichen. Der Zug hieß wirklich so.

Manchmal kam Celine nach Wien, aber sie machte kein Hehl daraus, daß ihr die Stadt nicht im geringsten zusagte. Ich erklärte ihr, die Eisenbahnfahrt sei für mich ein Vergnügen, und ich freute mich darauf. Und so kamen wir vorläufig stillschweigend überein, alles beim alten zu belassen: Sie würde mich um 23.30 auf dem Münchner Hauptbahnhof vom Zug abholen, und unser Wochenende würde dort inmitten der aufgescheuchten Tauben, der Reisenden, dem Rattern und Pfeifen der Züge beginnen.

Bei meiner ersten Fahrt nach Westen machte ich in der Aufregung den Fehler, eine Karte erster Klasse zu kaufen. Aber selbst dort war das Abteil mit Wochenendreisenden und deren zahlreichem Gepäck überfüllt. In der Folge verfiel ich darauf, eine Karte zweiter Klasse zu kaufen, früh am Zug zu sein und sofort den Speisewagen aufzusuchen. Wenn ich bis Attnang-Puchheim dort sitzen blieb, würde sich der Zug inzwischen geleert haben, und wenn ich dann zur zweiten Klasse zurückschlenderte, konnte ich mir meinen Platz unter den vielen leeren aussuchen.

Dieser Plan funktionierte ausgezeichnet, vor allem, weil das Essen im Speisewagen schmeckte und es sehr angenehm war, speisend an den großen Fenstern zu sitzen und zuzusehen, wie die österreichische Landschaft vorbeiglitt: Perchtoldsdorf, St. Pölten, Linz. Stationsvorstände mit roten Mützen winkten. Bauern auf alten Traktoren mit ausdruckslosen Gesichtern. Leute standen reglos und wie erstarrt an kleinen Stationen, an ländlichen Übergängen mitten in Wer-weiß-wo, und sahen zu, wie wir vorübersausten. Hunde bellten lautlos. Oft sah ich äsende Hirsche. Hasen sausten im Zickzack über freie Felder.

Das nahm mich aus meinem Leben heraus, das führte mich näher zu Celine.

Wie heißt diese rosarote und weiße Lilie, die so stark nach Pfeffer und Gewürz riecht? Ich kann mich nicht erinnern, aber sie ist eine meiner Lieblingsblumen. Als die beiden Frauen an jenem Abend den Speisewagen betraten, war das das erste, was mir auffiel. Beide trugen diese wunderbare Blume im Haar. Vielleicht war es auch das zweite, was mir auffiel: Es fiel einem schwer, ihre verblüffend verschiedenartige Schönheit nicht mit aufgerissenen Augen anzustarren.

Die Frau war großgewachsen, eine großartige Erscheinung. Sie sah aus, als wäre sie früher Schauspielerin gewesen oder als hätte sie zumindest mit einem formvollendeten Champagnerkelch in der Hand auf die Skyline von Manhattan oder Paris hinausgeblickt. Jetzt, in ihren späten Dreißigern oder den frühen Andeutungen von vierzig, war sie aus dem Spiel stark und ungebrochen hervorgegangen. Zeigte ihr Gesicht auch schon Falten, so machten diese sie nur noch anziehender, wissender. Die Blume hinter ihrem Ohr signalisierte, daß sie Sinn für Humor hatte: Schenk der Welt ein Lächeln. Die Blume hinter dem Ohr ihrer Tochter zeigte, daß man es mit einer aufmerksamen, zufriedenen Mutter zu tun hatte. Eine seltene Verbindung.

Das Mädchen hatte das rotbraune Haar und die großen runden Augen der Mutter. Zumindest hielt ich sie für die Mutter. Sie sahen einander zu ähnlich – die ältere und die jüngere Ausgabe desselben herrlichen Gesichts. Das Gesicht, in welches das Mädchen in zwanzig Jahren hineinwachsen würde, falls es Glück hatte.

Ich verbrachte einen Gutteil meiner Tage in Gedanken an Celine und wie sich unser Verhältnis entwickeln würde. Ich wollte, daß es mit uns klappte, und hoffte, daß sie es auch wollte. Wir hatten nicht über langfristige Pläne gesprochen, denn zu dieser Art von Unterredung kommt es erst, wenn man das Neuland einer Beziehung vermessen und sich gründlich überlegt hat, wo man die ersten beständigen Markierungen setzen will. Wir teilten viele

Vorlieben und konnten voneinander im Bett nicht genug kriegen, aber das Schönste war doch, daß wir wußten, daß es immer etwas gab, worüber wir reden konnten. Es gab nur wenige schweigsame Augenblicke, wenn wir zusammen waren, und wenn sie eintraten, dann nur deswegen, weil wir das Summen schweigender Zufriedenheit genossen, welche die wahre Antriebskraft der Liebe ist.

Wenn ich anfing, an Celine zu denken, konnte mich fast nichts ablenken. Und ich *dachte* gerade an sie, als Mutter und Tochter den Speisewagen betraten. Daher schockierte es mich, festzustellen, daß alle Gedanken an meine Freundin wie ausgelöscht waren, als ich diesen beiden tollen Frauen zusah, wie sie ... an meinen Tisch herüberkamen.

»Dürfen wir uns zu Ihnen setzen?«

Der Wagen war nur zu einem Drittel besetzt, und es gab eine Anzahl leerer Tische. Warum wollten sie hier sitzen? Ich bin ein gutaussehender Mann, und im allgemeinen mögen mich Frauen, aber sie durchqueren nicht einen Raum, um zu mir zu kommen. Besonders dann nicht, wenn sie so aussehen wie diese da.

»Bitte.« Ich erhob mich halb und deutete auf die leeren Stühle. Ich konnte die Blumen in ihrem Haar riechen. Das Mädchen wurde rot, lächelte und vermied es, mich anzusehen. Sie zog den Stuhl so heftig heraus, daß er beinahe umgestürzt wäre, und sie mußte ihn im letzten Augenblick mit beiden Händen festhalten.

Die Mutter lachte und griff sich mit den Händen an die Wangen. »Arme Heidi. Ihr lag so sehr daran, einen guten Eindruck auf Sie zu machen. Sie sah Sie den Bahnsteig entlanggehen und sprang wahrhaftig aus dem Zug, um festzustellen, in welchen Wagen sie einsteigen. Sie wartete bis jetzt, damit wir nicht allzu eifrig wirkten.«

Die Blicke des Mädchens für ihre Mutter glichen Dolchen; ihre Geheimnisse wurden enthüllt und lächerlich gemacht. Ich fand das überhaupt nicht spaßig und versuchte, ihr das mit einem Lächeln und einem kleinen freundlichen Achselzucken zu verstehen zu geben. Sie wurde rot, als hätte sie einen Sonnenbrand, und sah mich nach einem flüchtigen, verstohlenen Blick nicht mehr an.

Die Mama schüttelte, noch immer lächelnd, den Kopf und streckte ihre schlanke Hand aus. »Ich bin Francesca Pold. Das ist meine Tochter Heidi. Und Sie sind?«

Ich nannte meinen Namen und schüttelte der Frau die warme Hand. Sie hielt sie ein paar Sekunden zu lang in der meinen. Ich blickte ihr in die Augen, um herauszufinden, ob sie mir dadurch etwas zu verstehen geben wollte, aber ich sah in ihnen nur ein: »Wüßten Sie es nicht gerne!« Ihr Lächeln wurde breiter, und sie setzte sich.

Hmmm.

»Was lesen Sie da? *Albanische Sagen*? Klingt interessant.« Ohne mich um Erlaubnis zu fragen, griff sie nach dem Buch, schlug es auf und fing an, laut vorzulesen: »Ob ihr es glaubt oder nicht, ist belanglos. Möge alles Gute denen zuteil werden, die zuhören!«

Mutter und Tochter brachen in Lachen aus. Das Gelächter klang genau gleich, mit der einen Ausnahme, daß das eine hoch und jung, das andere tief und erfahrener war. Es wirkte bezaubernd.

»Was für eine spaßige Art und Weise, eine Geschichte zu beginnen! Sind das Märchen?« Sie legte das Buch auf den Tisch, und das Mädchen griff sogleich danach.

»Ja. Ich lese sie gerne. Es ist ein Hobby.«

Die Frau nickte. Ihr Ausdruck verriet, daß das ihre volle Billigung fand. Ich sammelte Punkte.

»Wovon leben Sie?«

»Ich verkaufe Computer in den Ostblock.«

»Sie verkaufen Computer und lesen Märchen? Ein vielseitiger Mann.«

»Nett von Ihnen, aber vielleicht handelt es sich nur um einen ernsten Fall von steckengebliebener Entwicklung.«

Das brachte mir ein Kichern und ein weiteres zustimmendes Lächeln ein.

Sie winkte dem Kellner mit der Hand, und der stürzte sich wie ein Habicht auf den Tisch. Man kann die Welt in Menschen einteilen, welche die Aufmerksamkeit eines Kellners erregen können, und solche, die es nicht können.

Die, welche es *können*, brauchen nur müde oder faul einen Finger zu heben und die Kellner heben den Kopf, als würde plötzlich ein geheimes Funksignal auf ihrer privaten Wellenlänge ausgestrahlt. Eine Sekunde später sind sie da.

Die, welche es nicht können, verfallen darauf, mit dem Finger zu schnalzen oder greifen zu anderen Peinlichkeiten. Aber das nützt ihnen gar nichts. Man hört sie nicht, sieht sie nicht. Sie könnten verschimmeln. Zu Francesca Pold kamen die Kellner gelaufen. Das war keineswegs überraschend.

Die beiden bestellten, und wir setzten unsere Plauderei fort. Das

Mädchen tat so, als sei es tief in mein Märchenbuch versunken, aber ich bemerkte, wie sie es oft sinken ließ und wie ihre Augen – ganz Aufmerksamkeit und Interesse – wachsam beobachteten. Wunderschöne Augen. Groß und klug, sie hatten etwas Feuchtes, das einen vermuten ließ, sie sei knapp davor, in Tränen auszubrechen. Und doch machte sie gerade diese Eigenschaft noch einzigartiger und anziehender.

Die Mutter war eine Plaudertasche, und obwohl das, was sie sagte, interessant war, fiel es leicht, sich bei ihrem Monolog ein- oder abzuschalten. Als ihr Essen kam, sah ich meine Chance gekommen.

»Was ist dein Lieblingsfach in der Schule, Heidi?«

»Ma-ma-math-e-ma-ma-matik.« Ihr Kiefer zuckte zitternd auf und ab.

»Möchtest du dich damit beschäftigen, wenn du älter bist?«

Sie schüttelte den Kopf und zeigte lächelnd auf mich. »C-C-C-Computer.«

Sie hatte ein quälendes Maschinengewehrstottern, das schlimmer wurde, wenn sie in Aufregung geriet. Es war jedoch auch ganz klar, daß sie sich mit mir unterhalten wollte. Ihre Mutter unternahm keinen Versuch, sie zu unterbrechen oder zu erklären, was Heidi sagte, selbst wenn ein Wort oder eine Redewendung kaum verständlich waren. Das gefiel mir. Sie hatten das wohl unter sich abgesprochen und, behindert wie sie war, würde das Mädchen in einer Welt aufwachsen, in der sie gewohnt war, auf eigenen Füßen zu stehen.

Ich hatte bereits gegessen, schloß mich ihnen aber beim Dessert an, als ich bemerkte, wie groß und frisch die Erdbeeren waren, die sie bestellt hatten. Wir drei saßen und löffelten sie aus, während der Himmel die letzten Reste des Tageslichts verlor. Als wir vom Tisch aufstanden, war es draußen völlig finster.

»Wo sitzen Sie?«

Ich lächelte. »Sie meinen, in welcher Klasse? Leider in der zweiten.«

»Fein, wir auch! Macht es Ihnen etwas aus, wenn wir uns zu Ihnen setzen?«

Die Frau war eine Augenweide, aber ihr klapperndes Mundwerk begann mir auf die Nerven zu gehen. Immer öfter tauschten Heidi und ich Blicke. Ich hätte nichts dagegen gehabt, den Rest der Fahrt nach München (die beiden fuhren ebenfalls dorthin) mit dem Mädchen und ihrem Stottern allein zu sein, wenn das möglich gewesen wäre.

Obwohl sie fähig war, Kellner herbeizurufen, schien Francesca der irrtümlichen Ansicht zu sein, Schönheit gäbe einem das Recht, sich alles leisten zu können, immer. Mir tat die Tochter leid, daß sie das jeden Tag ihres Lebens über sich ergehen lassen mußte.

Aber was hätte ich sagen sollen: Nein, ich möchte nicht bei Ihnen sitzen? Ich hätte es tun können, aber es wäre unhöflich und grundfalsch gewesen. Wir würden beisammensitzen, und Francesca würde reden, und ich würde mich bemühen, Heidi die Reise ein bißchen angenehmer zu machen.

Wie gewöhnlich waren die meisten Abteile leer. Sobald wir uns niedergelassen hatten, griff Francesca in ihre Handtasche und holte eine Zigarettenpackung hervor. Das kam überraschend, denn bis dahin hatte sie überhaupt nicht geraucht. Sie rauchte Camel ohne Filter und sog den Rauch tief in die Lungen ein. Während sie paffte, redeten Heidi und ich über Computer und wie sie sie in der Schule verwendeten. Das Mädchen wußte eine ganze Menge, und ich fragte mich, was sie mit ihrer Begabung anfangen würde, wenn sie älter war. Das ist das Nette an der Arbeit mit Computern – man braucht kein Wort zu ihnen zu reden, und trotzdem tun sie das, was man ihnen aufträgt. Selbst wenn Heidi ihr Stottern im späteren Leben nicht ablegte, wäre es gut, wenn sie sich mit Computern beschäftigte, denn mit ihnen konnte sie wunderbare, produktive Arbeit leisten, ohne ein Wort sagen zu müssen.

Jung und mit der Art von Leiden geschlagen zu sein, wie sie es auf der Zunge trug, mußte auf seine Weise genauso schlimm sein, wie an der schlimmsten Akne zu leiden. Bloß: Pickel verschwinden gewöhnlich, wenn man älter wird. Das Stottern aber bleibt und kümmert sich nicht viel um das Geburtsdatum oder das Selbstgefühl eines Menschen.

Sie gab sich solche Mühe zu sprechen. Ganz egal, welches Thema wir erörterten, sie wollte zu jedem etwas sagen, aber ihre Worte kamen so langsam und mühselig heraus, daß ich bisweilen buchstäblich vergaß, worüber wir redeten, wenn ich zusah, wie Heidi sich mit den Sätzen abmühte.

Einmal, als wir von Computerspielen sprachen, blieb sie beim Titel ihres Lieblingsspiels völlig hängen, und ihre Mutter mußte einspringen und ihr aushelfen.

»Das Spiel, das ihr so gefällt, heißt *Die panische Hand.* Haben Sie es je gespielt?«

»Nein, ich habe nicht einmal davon gehört.«

Das Mädchen versuchte, die Spielregeln zu erklären, aber als nichts davon richtig herauskam, gab sie es auf und ließ sich in den Sitz fallen. Ich wußte, daß sie kurz davor war, in Tränen auszubrechen. Sie hatte sich bemüht, hatte aber wieder eine Partie an den inneren Feind verloren: im lebendigen Kontrast zu ihrer hinreißend schönen Mutter, die bloß hier zu sitzen und ihren langweiligen, nie enden wollenden Monolog fortzusetzen brauchte.

Aber selbst die Mutter verstummte eine Zeitlang. Das Mädchen schaute mit gerötetem Gesicht aus dem Fenster, die Lippen fest zusammengepreßt, während Francesca mich anlächelte und eine Zigarette nach der anderen rauchte.

Plötzlich sah Heidi mich an und sagte: »Gl-gl-glauben Sie n-n-nicht, daß Zi-zi-zigaretten-r-r-rau-rauchen-co-co-co-c-cool-ist? Ich scho-scho-schon.«

Ich zuckte die Achseln. »Ich hab's versucht, als ich jünger war, aber ich habe nie eine Neigung dafür entwickelt. Ich glaube, in Filmen sieht es gut aus.«

Auf diese milde Zurechtweisung hin krümmte sich das Mädchen in ihrem Sitz zusammen, als hätte ich sie geschlagen. War sie *so* empfindlich?

Ich sah sie an und versuchte, ihren Blick aufzufangen und ihr zuzublinzeln, als ihre Mutter sagte: »Ich möchte mit Ihnen schlafen. Ich möchte sofort mit Ihnen schlafen. Auf der Stelle.«

»Was haben Sie gesagt?« Ich sah Francesca an. Sie hatte die Hand auf ihrer Bluse und knüpfte sie auf.

»Ich sagte, ich möchte mit Ihnen schlafen. Hier.«

»Und was ist mit Ihrer Tochter?«

»Sie geht auf den Gang hinaus. Wir können den Vorhang vorziehen.« Ihre Hand nestelte weiter an den Knöpfen.

»Nein.«

Die Bluse war geöffnet, und ein hübscher lilafarbener, rüschenbesetzter Büstenhalter zeichnete sich vor dem hellen Weiß ihrer dahinter verborgenen Haut ab.

»He, Francesca, warten Sie ein bißchen, ja? Großer Gott. Denken Sie an Ihre Tochter!«

Die Frau schaute zu dem Mädchen hinüber, dann zu mir. »Sie können auch mit ihr schlafen. Wäre Ihnen das lieber? Ich kann gehen!« Sie lachte hoch und voll, zwinkerte Heidi zu, dann begann sie, sich wieder zuzuknöpfen. »Siehst du, Liebling, manchmal brauchst du mich nicht. Du mußt nur einen Computermenschen finden.«

»He, Schluß damit.« Endlich fand ich die Geistesgegenwart, aufzustehen und zur Tür zu gehen.

»B-b-b-bitte gehen Sie nicht!« Das Mädchen ergriff mich am Arm und hielt mich fest. Ihre Miene zeigte Angst und Scham. Sie erhob sich aus ihrem Sitz und legte mir die Arme um den Hals. »Bitte gehen Sie nicht, bitte! Ich s-s-schi-schicke sie f-f-fo-fort!«

Ich umarmte sie meinerseits, und indem ich langsam ihre Arme um meinen Hals löste, drückte ich sie gleichzeitig in ihren Sitz zurück. Als ich sie dort hatte, wandte ich mich nach Francesca um. Die nicht mehr da war. Die nirgendwo war. Ich stand mit dem Rücken zur Tür, so daß sie auf keinen Fall hätte an mir vorbei können, wenn sie hinausgewollt hätte.

Hin und her gerissen zwischen einem starken Drang, nur noch zu verschwinden, und brennender Neugier zu erfahren, was da vor sich ging, erstarrte ich mehr oder weniger an meinem Platz und wartete darauf, daß etwas geschähe, das meinen nächsten Schritt entscheiden würde.

Der Zug fuhr jetzt langsamer, und der Lautsprecher verkündete, daß wir nach Rosenheim kämen, dem letzten Halt vor München. Ich setzte mich. Heidi glitt neben mich. Dann tat sie etwas, das so erotisch und so falsch war, daß ich selbst jetzt noch zu zittern beginne, wenn ich daran denke. Ganz sanft ergriff sie meine Hand und führte sie unter ihren Rock, zwischen ihre Beine. Dort war sie eine Millisekunde, ehe ich sie wegzuziehen versuchte. Aber es nicht konnte, weil sie sie dort festhielt und viel, *viel* stärker war als ich. Wie alt war sie, elf? Zwölf? Keine Zwölfjährige hat eine solche Kraft.

Als sie sprach, geschah es in einer ganz normalen, nicht stotternden Mädchenstimme. »Hat Ihnen das nicht gefallen? Sagen Sie mir, was Sie haben wollen, und ich mache es für Sie. Ich verspreche es. Was auch immer Sie wollen!«

»Was machst du, Heidi? Was machst du da?«

Ihre Hand preßte meine fester. Sie war sogar dazu kräftig genug. »Fanden Sie sie nicht cool? Die Farbe ihres Haares und die Art und Weise, wie sie ihre Camel rauchte? Genauso habe ich vor, es zu machen. Genauso möchte ich sein, wenn ich groß bin. Genauso will ich auch werden.« Ihre Augen verengten sich. »Sie glauben mir nicht? Sie sind nicht der Meinung, daß sie cool war? Genauso werde ich sein, und jeder Mann wird mich haben wollen. Sie werden mich alle berühren und mir beim Sprechen zuhören wollen. Ich werde Unmengen von Geschichten und Dinge haben. Ich werde imstande sein, alles zu sagen, was ich will.«

»Warum können Sie es jetzt nicht sagen?«

Sie drückte meine Hand, bis ich aufschrie. »Weil ich stottere! Sie haben es gehört! Glauben Sie, ich habe nur *Spaß gemacht*? Ich kann nicht anders.«

Ich versuchte, ihre Hand von meiner wegzureißen und gab es dann auf. »Warum können Sie jetzt normal reden?«

»Weil Ihre Hand hier ist. Die Männer werden mich dann immer haben wollen, weil ich wie sie reden werde. Ich werde schön sein, und ich werde schön reden.«

»*Du* hast sie geschaffen?«

Ihre Hand lockerte sich ein wenig. Sie sah mich an, wartete auf eine Antwort. »Ja. Gefällt sie Ihnen nicht? Sie gefällt allen Männern. Jeder findet sie begehrenswert. Immer wenn sie etwas haben will, sagen sie ja. Und wenn sie sie begehren, werden sie auch mich begehren. Weil ich genauso sein werde!«

Ich hatte zwei Wahlmöglichkeiten – mitspielen und schwindeln oder die Wahrheit sagen und hoffen...

»Sie redet zuviel.« Heidi hörte auf, meine Hand zusammenzudrücken, ließ sie aber, wo sie war.

»Was soll das heißen?«

»Sie redet zuviel. Sie ist langweilig.«

»L-l-l-angweilig?«

»Ja. Sie redet zuviel von sich selbst und eine Menge davon ist uninteressant. Ich habe ihr nicht mehr zugehört. *Du* hast mich viel mehr interessiert.«

»Warum? Sie haben sie nicht hübsch gefunden?«

»Hübsch, aber fade.«

»Die anderen Männer fanden das nicht! Sie waren immer hinter ihr her! Sie haben sie immer genommen!«

»Nicht alle Männer sind so. Ich möchte, daß Frauen interessant sind.«

»Mehr als hübsch?« Es war, als stelle sie Fragen anhand eines Fragebogens. Ich hatte keine andere Wahl, als darauf einzugehen.

Wahrhaftig, den Rest der Fahrtstrecke nach München fragte sie mich über »Francesca« aus. Wie gefiel mir ihre Stimme? Was war mit ihrer Figur? Was stimmte nicht an ihren Geschichten? Hätte ich mit ihr schlafen wollen, wäre sie allein gewesen?

Ich fand nie heraus, wer die Frau ... *war*. Aus naheliegenden Gründen wollte ich das Mädchen nicht noch zorniger oder verstörter machen, als sie war. Ich beantwortete ihre Fragen nach besten Kräften und, glauben Sie mir, es gab eine ganze Menge davon. Ich stand ihr bis zum Münchner Hauptbahnhof Rede und Antwort, wo sie sich erhob, als der Zug bremste, und sagte, sie müsse gehen. Nichts weiter, nichts sonst. Sie schob die Glastür auf, schenkte mir ein letztes kleines Lächeln und war fort.

Was war da eigentlich passiert? Ich glaube, einiges. Daß sie ihre eigene Vorstellung von der vollkommenen Frau hatte, die sie sein wollte und die sie sich aus ihrer unglücklichen Lage heraus an ihrer Stelle erschuf, bis sie erwachsen genug war, in ihre Haut zu schlüpfen. Aber sie war jung und machte Fehler.

Über das, was die Jugend für cool oder sexy hält, müssen wir Erwachsenen oft lächeln. Das ist die eine Seite. Oder sie war eine Hexe, die ihre eigene Version von *Die panische Hand* spielte, ein Spiel, nach dem ich natürlich Ausschau hielt, das ich aber nie fand. Oder ... Ich weiß es nicht. Es klingt ziemlich dumm und hilflos, aber ich weiß es *nicht*. Tut mir leid, falls Sie nicht zufrieden sind.

Ich sah sie ein letztes Mal. Als ich aus dem Zug stieg, sah ich sie den Bahnsteig entlanglaufen, in die Arme eines nett wirkenden Ehepaars, das sich freute, sie zu sehen. Der Mann umarmte sie lange, und die Frau küßte sie immer wieder. Sie drehte sich nicht einmal um. Ich hielt mich fern.

Aber ich ging weit hinter ihnen und war froh, daß sie mich nicht sah. Dann war Celine da. Und sieh an, wer begleitete sie zu so später Stunde! Fiona. Die wunderbare Fiona – Celines Tochter.

Die Traurigkeit liegt im Detail

Ich verbrachte gewöhnlich viel Zeit im Café Bremen. Der Kaffee dort ist bitter und aromatisch, und die blauen Samtsessel sind so angenehm wie alte Freunde. Die großflächigen Fenster empfangen das Morgenlicht auf dieselbe Weise wie Herr Ritter, der Kellner, jeden willkommen heißt, der zur Tür hereinkommt.

Man ist nicht gezwungen, viel zu konsumieren; eine Tasse Tee oder ein Glas Wein genügt. Die Croissants kommen aus der Bäckerei nebenan und werden zweimal täglich geliefert. Spätabends bäckt man im Kaffeehaus eine Spezialität des Hauses für die späten Nachtvögel – »Wuchteln«, das ist eine Art gezuckerter Berliner Pfannkuchen, so groß wie eine Taschenuhr. Es ist ein ganz besonderer Genuß, an einem Winterabend spät ins Café zu kommen und eine ganze warme Platte davon zu essen.

Das Bremen hat neunzehn Stunden am Tag geöffnet. Der 24. Dezember ist der einzige Tag im Jahr, an dem es geschlossen ist, aber am Christtag öffnet es wieder, es sind grün-rote Tischtücher aufgelegt, und es ist voll von Leuten in leuchtenden, neuen Pullovern oder von Alleinstehenden, die etwas weniger einsam aussehen an einem Tag, den man zu Hause verbringen sollte.

Das Leben hält kleine, echte Freuden bereit – die neueste Ausgabe der jeweiligen Lieblingszeitschrift, eine unangebrochene Pakkung Zigaretten, den Geruch von Backwaren im Ofen. Das alles kann man in diesem Kaffeehaus bekommen; man kann dort aber auch ohne all dies glücklich sein.

Ich ging oft hin, nur um mich zu setzen, zum Fenster hinauszusehen und vor mich hinzusummen. Ein heimliches Laster. Mein Mann nascht Zuckerstangen, meine Mutter blättert gerne in Filmzeitschriften, ich summe. Man lasse mir eine arbeitsfreie Stunde und ein schönes Fenster, aus dem man hinausstarren kann, und ich summe Ihnen gern die ganze »Fünfte« von Mahler oder jedes beliebige Lied vom »Weißen Album« der Beatles vor.

Ich bin die erste, die zugeben würde, daß ich es nicht besonders gut kann, aber es ist für eine Zuhörerschaft bestimmt, die nur aus einer einzigen Person besteht, aus mir selbst, und jeder, der zuhört, tut es auf eigene Gefahr.

Das Folgende passierte an einem späten Novembernachmittag, als die ganze Stadt von einer flüssigen Glasur aus reflektiertem Licht und Regen überzogen zu sein schien. Ein Tag im Spätherbst, wenn der Regen kälter als Schnee ist und sich alles gemeiner, hartkantiger anfühlt. Ein Tag, an dem man das Haus nicht verläßt und ein Buch liest und aus einer dicken weißen Terrine heiße Suppe schlürft.

Ich beschloß, mir das Bremen zu gönnen, weil meine Stimmung sehr gedrückt war. Streit mit den Kindern, ein Besuch beim Zahnarzt, dann endlose Einkäufe, um Dinge zu besorgen, die ausgegangen waren – Toilettenpapier, Klebstoff, Salz. Dinge, von denen man erst weiß, daß es sie gibt, wenn sie ausgegangen sind und man sie verzweifelt benötigt. Ein unsichtbarer Tag, an dem man sich erschöpft, indem man herumläuft und Aufgaben ausführt, für die einem niemand Dank weiß, die zwar notwendig, aber unbefriedigend sind: das Oxymoron der Hausfrau.

Ich glaube, ich habe vor Freude gewiehert, als ich, durchnäßt und mit Tüten bepackt, eintrat und bemerkte, daß mein Lieblingstisch frei war. Ich flog auf ihn zu wie ein müdes Rotkehlchen in sein Nest.

Herr Ritter eilte sofort herbei, in seinem schwarzen Anzug mit der Fliege sah er elegant und ganz so aus, als stamme er aus dem neunzehnten Jahrhundert. Wie immer hatte er ein weißes Tuch sorgfältig über den Arm gelegt.

»Sie sehen müde aus. Ein anstrengender Tag?«

»Ein hundsmiserabler Tag, Herr Ritter.«

Er schlug mir ein Stück Sahnekuchen vor, zum Teufel mit den Kalorien, aber ich bestellte lieber ein Glas Rotwein. Die Kinder würden erst in einer Stunde heimkommen. Eine Stunde, in der ich die Knoten in mir sich langsam auflösen lassen konnte, während ich zum Fenster hinausblickte und dem jetzt romantischen Regen zusah.

Wie lange konnte es gedauert haben, zwei Minuten? Drei? Beinahe ohne es zu merken, hatte ich zu summen begonnen, aber dann ließ jemand aus der Nische hinter mir ein lautes »Sssch!« vernehmen.

Verlegen wandte ich mich um und erblickte einen alten Mann, der mich mit hochrotem Gesicht anstarrte.

»Nicht jeder mag Neil Diamond, wissen Sie!«

Das perfekte Ende eines perfekten Tages: Jetzt mußte ich mich verantworten, weil ich »Holly Holy« gesummt hatte.

Ich setzte eine entschuldigende Miene auf und wollte mich gerade wieder umdrehen, als mir aus dem Augenwinkel ein paar Photographien auffielen, die er auf dem Marmortischchen vor sich ausgebreitet hatte. Die meisten Aufnahmen waren von meiner Familie und mir.

»Wo haben Sie die her?«

Er langte hinter sich, nahm eine in die Hand und reichte sie mir. Ohne die Aufnahme anzusehen, sagte er: »Das ist Ihr Sohn in neun Jahren. Er trägt eine Augenbinde, weil er das Auge bei einem Autounfall einbüßte. Wie Sie wissen, wollte er Pilot werden, aber dazu braucht man gute Augen, und darum streicht er statt dessen Häuser an und trinkt sehr viel. Das Mädchen auf dem Photo ist die Frau, mit der er zusammenlebt. Sie nimmt Heroin.«

Mein Sohn Adam ist neun, und das einzige, was auf der Welt für ihn zählt, sind Flugzeuge. Wir nennen sein Zimmer »den Hangar«, weil er jede Wand mit Bildern von Kunstflugstaffeln tapeziert hat: mit den »Blauen Engeln«, den britischen »Roten Pfeilen« und den italienischen »Tricolore«. Sein Zimmer ist voll von Modellen und Zeitschriften und so vielen anderen Dingen, die mit Flugzeugen zu tun haben, daß man davon ganz überwältigt wird. Kürzlich verbrachte er eine ganze Woche damit, alle wichtigen Fluglinien (einschließlich der »Air Maroc« und der »Tarom«, der nationalen Fluggesellschaft Rumäniens) anzuschreiben, um herauszufinden, was für Anforderungen an einen Piloten ihrer Firma gestellt werden. Sowohl mein Mann wie ich waren immer entzückt von Adams Besessenheit und haben voller Stolz von ihm nie anders als dem künftigen Piloten gedacht.

Auf dem Photo in meinen Händen sah unser kleiner Junge mit der Pilotenfrisur und den klugen grünen Augen wie ein abgerissener achtzehnjähriger Bettler aus.

Der Ausdruck in seinem Gesicht war eine schlimme Kombination von Langeweile, Bitterkeit und Hoffnungslosigkeit. Es war offenkundig Adam, so wie er in ein paar Jahren aussehen würde, aber es war ein junger Mann, der seine Lebenslinie überschritten hatte, jemand, den man entweder auslachen oder dem man aus dem Weg gehen würde, wenn man ihn auf der Straße entgegenkommen sah.

Und die Augenbinde! Sich die Verstümmelung unserer Kinder vorzustellen, ist so quälend und geheimnisvoll, wie sie sich tot zu denken. Nichts davon ist... erlaubt. Das darf einfach nicht *sein*. Und wenn es tragischerweise doch passiert, dann ist es immer unsere Schuld, egal, wie alt sie sind oder unter welchen Umständen es passiert ist. Als Eltern müssen unsere Fittiche immer groß genug sein, um sie zu bedecken und sie vor Verletzung oder Schmerz zu bewahren. Das steht in unserem Vertrag mit Gott, wenn wir die Verantwortung für ihr Leben übernehmen. Ich erinnere mich recht gut an den Mann in *Macbeth*, der, als er von dem Tod all seiner Kinder erfährt, beginnt, sie seine »Kücken« zu nennen. »Wo sind alle meine kleinen Kücken? Wo sind sie?« Der Anblick meines Sohnes, der im Gesicht eine Augenbinde trug, ließ mich Blut im Mund schmecken.

»Wer sind Sie?«

»Hier ist noch eine, von Ihrem Ehemann nach der Scheidung. Er hält seinen neuen Schnurrbart für sehr schick. Ich glaube, er sieht ein bißchen albern aus.«

Willy hat seit Jahren immer wieder versucht, sich einen Schnurrbart wachsen zu lassen. Einer sah schlimmer aus als der andere. Einmal, in der Hitze eines sehr schlimmen Streits, ließ ich mich zu der Bemerkung hinreißen, er ließe sich immer dann einen wachsen, wenn er gerade einen Seitensprung machte. Damit war die Sache erledigt.

Auf der Aufnahme trägt er außer dem Schnurrbart eines dieser typischen, dummen T-Shirts der »Heavy Metal«-Fans (mit Blitz und Flammen bedruckt), das eine Gruppe namens »Braindead« ankündigt. Das Unheilverkündende daran war der Umstand, daß Adam erst vor kurzem eine Langspielplatte *der* »Braindead« nach Hause gebracht und erklärt hatte, sie seien »einfach überwältigend«.

»Ich heiße Donnerstag, Frau Becker –«

»Heute ist Donnerstag.«

»Stimmt. Wenn wir uns gestern getroffen hätten, wäre ich Mittwoch gewesen –«

»Wer sind Sie? Was sind das für Aufnahmen?«

»Sie sind unsere Zukunft. Oder genauer, eine mögliche Zukunft. Die Zukunft ist ein unstabiles, heikles Ding. Sie ist von verschiedenen Faktoren abhängig.

Wie man sich jetzt entwickelt, wie man mit seinem Leben fertig wird und mit den Menschen in seiner Nähe – das ist es, was eintreffen wird.« Er deutete auf das Photo, das ich in der Hand hielt, und öffnete dann beide Handflächen in einer Geste, als wolle er sagen: »Was kann man schon tun? So ist es eben.«

»Das glaube ich nicht. Scheren Sie sich fort!« Ich wollte mich umdrehen, aber er faßte mich an der Schulter.

»Ihr Lieblingsgeruch ist der von brennendem Holz. Sie lügen stets, wenn Sie behaupten, der erste, mit dem Sie je schliefen, sei Joe Newman gewesen. Der erste war in Wahrheit das Faktotum Ihrer Eltern, Leon Bell.«

Niemand wußte das. Mein Mann nicht, meine Schwester nicht, niemand.

Leon Bell! Ich dachte so selten an ihn. Er war freundlich und sanft gewesen, aber es tat noch immer weh, und ich hatte mich gefürchtet, jemand würde heimkommen und uns im Bett überraschen.

»Was wollen Sie?«

Er nahm mir die Aufnahme aus der Hand, legte sie zu den anderen auf den Tisch zurück.

»Die Zukunft kann sich ändern. Sie ist wie die Linien auf Ihrer Handfläche. Über das Schicksal kann man verhandeln. Ich bin hier, um mit Ihnen zu verhandeln.«

»Was wollen Sie von mir?«

»Ihr Talent. Erinnern Sie sich an die Skizze, die Sie neulich abends von dem Kind, das unter dem Baum stand, anfertigten? Ich möchte sie. Bringen Sie mir diese Zeichnung, und Ihr Sohn ist gerettet.«

»Ist das alles? Das war nur eine Skizze! Sie kostete mich zehn Minuten. Ich machte sie, während ich beim Fernsehen saß!«

»Bringen Sie sie mir morgen zu genau der gleichen Zeit.«

»Wie kann ich Ihnen glauben?«

Er griff nach einer Aufnahme, die von den anderen verdeckt worden war, und hielt sie mir vor die Augen: mein altes Schlafzimmer. Leon Bell und ich.

»Ich kenne Sie nicht einmal. Warum tun Sie mir das an?«

Er schob die Photographien zusammen, als wären es Karten, die er mischen wollte. »Gehen Sie nach Hause und suchen Sie die Skizze.«

Ich war einmal ziemlich gut gewesen. Hatte eine Kunstakademie mit vollem Stipendium besucht, und einige meiner Lehrer waren der Meinung gewesen, ich hätte das Zeug zu einer echten Malerin.

Aber wissen Sie, wie ich darauf reagiert hatte? Ich fürchtete mich. Ich malte, weil es mir Freude machte. Als die Leute anfingen, mein Werk genau zu betrachten, die Hand auf dem Scheckbuch, lief ich fort und heiratete. Die Ehe (und die Verantwortung, die sie mit sich bringt) ist ein perfekter Felsen, hinter dem man sich verstecken kann, wenn der Feind (die Eltern, das Erwachsensein, der Erfolg) hinter einem her ist. Man rollt sich dahinter zu einer Kugel zusammen, und buchstäblich nichts kann einem etwas anhaben. Für mich bedeutete es kein Glück, eine erfolgreiche Künstlerin zu sein. Ich sah den Erfolg als Belastung und als Anforderungen, die ich nie zu erfüllen imstande sein würde, womit ich zwangsläufig Leute enttäuschen müßte, die mich für besser hielten, als ich in Wahrheit war.

Erst vor kurzem – nun, da die Kinder alt genug waren, um sich kleine Mahlzeiten selbst zu machen – hatte ich ziemlich teure englische Ölfarben und zwei aufgespannte Leinwände gekauft. Aber ich war beinahe zu verlegen, um sie hervorzuholen, denn die einzige »Kunst«, die ich in den letzten paar Jahren hervorgebracht hatte, waren einige lustige Skizzen für die Kinder oder eine kleine Kritzelei am unteren Rand eines Briefes an einen guten Freund gewesen.

Sowie das Skizzenbuch, mein ältester Freund. Ich hatte mir immer gewünscht, ein Tagebuch zu führen, hatte aber nie die Ausdauer aufgebracht, deren es bedarf, um Tag für Tag etwas zu schreiben. Mein Skizzenbuch ist etwas anderes, denn an dem Tag, da ich damit begann, als ich siebzehn war, versprach ich mir selbst, darin nur eine Skizze zu machen, wenn ich wirklich wollte oder wenn ein Ereignis so wichtig war (die Geburt der Kinder, der Tag, an dem ich entdeckte, daß Willy ein Verhältnis hatte), daß ich dazu etwas »sagen« *mußte*. Als alte Frau würde ich das Heft meinen Kindern geben und ihnen erklären: »Das sind Sachen, die Ihr nicht wußtet. Jetzt sind sie nicht mehr wichtig, außer um euch mehr über mich zu verraten, falls euch das interessiert.« Oder vielleicht würde ich es mir dann nur ansehen, seufzen und es wegwerfen.

Ich blätterte manchmal in dem Heft, aber im allgemeinen deprimiert es mich: selbst die guten Teile, die angenehmen Erinnerungen. Weil in den Einzelheiten so viel Traurigkeit steckt. Für wie zeitgemäß und zauberhaft ich mich gehalten hatte, als ich unmittelbar nach unserer Hochzeit mit gestreiften Hosen im Glockenschnitt zu einer Party ging. Oder eine Skizze von Willy an seinem

Schreibtisch, wie er eine Zigarre rauchte, überglücklich, daß er den Artikel über Fischer von Erlach abgeschlossen hatte, von dem er glaubte, er würde seine Karriere begründen, der aber dann nicht einmal veröffentlicht worden war.

Ich legte diese Dinge sorgfältig und bis in alle Einzelheiten zeichnerisch nieder, aber alles, was ich jetzt sehe, ist die alberne Hose oder seine aufgeregten, über die Tastatur der Schreibmaschine gespreizten Finger.

Wenn es mich aber deprimiert, warum zeichne ich dann weiterhin in dem Heft? Weil es das einzige Leben ist, das ich habe, und weil ich nicht eitel genug bin, mir einzubilden, daß ich jetzt die Antworten kenne, die mir einfallen könnten, wenn ich älter bin. Ich habe die Hoffnung nicht aufgegeben, daß ich in dreißig oder vierzig Jahren, wenn ich mir diese Zeichnungen ansehe, eine Art Eingebung haben werde, die Teile meines Lebens deutlicher hervortreten läßt.

Ich konnte die Zeichnung nicht finden, die Donnerstag haben wollte. Ich durchsuchte alles: Schreibtischschubladen, Papierkörbe, die alten Hausaufgabenhefte der Kinder. Wie brutal einen Panik überkommt, wenn man etwas Notwendiges nicht finden kann! Das, wonach man sucht, was immer es ist und wie trivial auch immer, wird zum wichtigsten Gegenstand der Welt – ein Kofferschlüssel, ein ein Jahr alter Zahlungsbeleg der Gasgesellschaft. Die eigene Wohnung wird zu einem Feind – sie versteckt das Ding, von dem sie weiß, daß man es braucht, sie zeigt sich allen Bitten gegenüber gleichgültig.

Die Skizze war nicht in meinem Skizzenheft, nicht auf dem Telephontischchen, steckte in keiner Manteltasche. Weder die grauen Staubsteppen unter dem Bett noch die falschen Tannenzapfen oder die chemischen Gerüche im Küchenkasten verrieten etwas. Würde mein Sohn wirklich sein *Auge* verlieren, wenn ich eine kleine dumme Zeichnung nicht finden konnte? Ja, das war, was der alte Mann behauptet hatte. Ich glaubte ihm, nachdem ich das Bild von Leon und mir zusammen gesehen hatte.

Es war ein entsetzlicher Abend, ich versuchte, für die Familie die liebe alte normale »Mama« zu sein, während ich wie verrückt jeden Winkel unserer Wohnung nach der Skizze absuchte. Beim Abendessen fragte ich beiläufig, ob sie einem von ihnen untergekommen sei. Keiner hatte sie gesehen. Sie waren daran gewöhnt, daß meine Zeichnungen und mein Gekritzel im Haus herumlagen.

Ab und zu gefiel jemandem etwas und er nahm es mit in sein Zimmer, aber diesmal hatte ich kein Glück.

Während des Abends sah ich immer wieder zu Adam hinüber, was mir weiteren Grund zum Suchen gab. Er hatte ganz normale Augen, aber sie waren klug und offen. Beim Gespräch blickte er einen direkt an, schenkte einem seine ganze Aufmerksamkeit.

Um Mitternacht gab es keinen Ort mehr, wo ich hätte nachsehen können. Die Zeichnung war fort. Als ich mit einem Glas Orangensaft am Küchentisch saß, wußte ich, daß ich nur zwei Möglichkeiten hatte, wenn ich Donnerstag am nächsten Nachmittag im Bremen traf. Entweder die Wahrheit sagen oder zu versuchen, aus dem Gedächtnis die Zeichnung nachzumachen, die er wollte. Es war eine so einfache Skizze, daß ich es für unproblematisch hielt, etwas zu zeichnen, was ähnlich aussah, aber *genau* dasselbe? Unmöglich.

Ich ging ins Wohnzimmer und holte mir mein Zeichenheft. Zumindest das Papier würde das gleiche sein. Willy kaufte das Zeug en gros, weil es billig und strapazierfähig war und wir es beide gern benutzten. Man fühlte sich nicht schuldig, wenn man ein Stück zerknüllte, weil man einen Fehler gemacht hatte. Ich konnte mir unschwer vorstellen, daß ich die verdammte Zeichnung zusammengeknüllt und keinen Gedanken mehr daran verschwendet hatte.

Ein Kind, das unter einem Baum stand. Ein kleines Mädchen in Jeans. Ein Kastanienbaum. Sonst nichts. Was war daran so besonders?

Ich brauchte fünf Minuten dafür, fünf Minuten, um mich zu überzeugen, daß es so aussah, wie ich mich erinnerte, weitere fünf Minuten mit dem Ding auf meinem Schoß, um zu wissen, daß es hoffnungslos war. Fünfzehn Minuten vom Anfang bis zum Ende.

Am nächsten Tag klopfte Donnerstag hartnäckig mit dem Finger auf das Marmortischchen, noch ehe ich mich gesetzt hatte. »Haben Sie sie gefunden? Haben Sie sie?«

»Ja. Sie steckt in meiner Tasche.«

Alles an ihm entspannte sich. Sein Gesicht wurde locker, der Finger sank mit der übrigen Handfläche auf den Tisch herab, und er lehnte sich in den Samtsessel zurück. »Das ist großartig. Geben Sie sie mir, bitte.«

Er fühlte sich besser, aber ich nicht. So gelassen wie möglich zog ich das zerknüllte Blatt Papier aus der Handtasche.

Ehe ich die Wohnung verließ, hatte ich die Zeichnung zu einem festen Ball zusammengeknüllt, um ihn womöglich ein wenig irrezuführen. Wenn er nicht zu genau hinsah, konnte mir vielleicht nichts passieren. Vielleicht aber doch. Die Chancen standen nicht sehr gut, daß ich Glück haben würde, aber worauf konnte ich an diesem Punkt noch hoffen?

Als ich ihm jedoch zusah, wie er das Stück Papier sorgfältig glattstrich und es studierte, als wäre es ein einzigartiges und unbezahlbares Dokument, wußte ich, daß er jeden Augenblick den Unterschied merken würde, und von da an würde alles zum Teufel gehen. Ich zog den Mantel aus und schlängelte mich in die Nische.

Er blickte von der Skizze auf. »Wenn Sie wollen, können Sie summen. Es dauert nur eine Minute.«

Mir gefiel dieses Kaffeehaus überaus, aber heute hatte dieser Mann es in einen unangenehmen, bedrohlichen Ort verwandelt, wo ich bloß unseren Handel abschließen und mich dann sofort entfernen wollte. Selbst der Anblick von Herrn Ritter, der an der Theke stand und Zeitung las, war störend. Wie konnte das Leben so normal weitergehen, wenn so etwas wie die schlimmste Magie in der Luft lag, dick wie Zigarrenrauch?

»Sie haben ein gutes Gedächtnis.«

»Was soll das heißen?«

Er griff in die Brusttasche und holte ein Stück Papier hervor. Er entfaltete es und hielt die ursprüngliche Zeichnung mit dem Mädchen unter dem Baum hoch, die ich gemacht hatte.

»Sie hatten sie!«

Er nickte. »Wir haben beide geschwindelt. Ich behauptete, Sie hätten sie, Sie versuchten, mir eine Nachahmung anzudrehen, und behaupteten, es sei das Original. Wer war da weniger ehrlich?«

»Aber ich konnte sie nicht finden, weil Sie sie hatten! Warum haben Sie das getan?«

»Weil wir herausfinden mußten, wie gut Sie sich erinnern können. Das ist sehr wichtig.«

»Was ist mit meinem Sohn? Wird mit ihm alles in Ordnung sein?«

»Das garantiere ich. Ich kann Ihnen dann eine Aufnahme von ihm zeigen, aber Ihnen sollte es genügen zu wissen, daß es ihm gutgehen und er ein sehr glückliches Leben führen wird. Wegen dem, was Sie für ihn hier taten.« Er zeigte auf die zweite Zeichnung.

»Möchten Sie die Aufnahme von ihm sehen?«

Ich kam in Versuchung, lehnte aber schließlich ab. »Sagen Sie mir nur, ob er Pilot werden wird.«

Donnerstag kreuzte die Arme. »Er wird Kapitän einer Concorde, die auf der Strecke Paris–Caracas verkehrt. Eines Tages wird man sein Flugzeug entführen, aber Ihr Adam wird etwas tun, das so klug und so heldenhaft ist, daß er das Flugzeug und seine Passagiere im Alleingang rettet. Eine wahre Heldentat. Sogar die Zeitschrift *Time* wird ihm eine Titelgeschichte mit der Schlagzeile widmen: ›Vielleicht sind die Helden noch nicht ausgestorben‹.«

»Meinem Sohn?«

Er hielt die Zeichnung hoch. »Ihrem Sohn. Wegen dem da.«

»Was ist mit der Scheidung von Willy und mir?«

»Möchten Sie das wirklich wissen?«

»Ja.«

Er holte ein weiteres zusammengefaltetes Stück Papier aus der Tasche, zusammen mit einem Bleistiftstummel. »Zeichnen Sie eine Birne.«

»Eine Birne?«

»Ja. Zeichnen Sie das Bild einer Birne, und dann kann ich es Ihnen sagen.«

Ich nahm den Bleistift und strich das Papier auf dem Tisch glatt. »Ich verstehe das alles nicht, Herr Donnerstag.«

Eine Birne. Ein dicker Boden und eine halb so dicke Spitze. Ein Stengel. Ein bißchen Schraffierung, um ihr Schatten und Tiefe zu geben. Eine Birne.

Ich reichte ihm die Zeichnung, und er hatte kaum einen Blick darauf geworfen, als er sie schon zusammenfaltete und in eine andere Tasche steckte.

»Es wird zu einer Scheidung kommen, denn Sie werden Ihren Mann verlassen, Frau Becker, nicht umgekehrt, wie Sie fürchten.«

»Warum werde ich das tun?«

»Weil Frank Elkin zu ihnen zurückkehrt.«

Ich glaube, hätte ich Frank Elkin geheiratet, wäre alles in Ordnung gewesen. Ich liebte ihn sicher genug. Aber außer, daß auch er mich mochte, liebte er das Fallschirmspringen. Eines Tages sprang er und zog die Reißleine, aber es passierte nichts. Wie lang war das her, war das vor zwanzig Jahren gewesen? Vor vierundzwanzig?

»Frank Elkin ist tot.«

»Ja, aber er wird es nicht mehr sein. Sie können das ändern.«

Die Wohnung war leer, als wir zurückkamen. Donnerstag sagte, er würde sehen, daß sie leer bleibt, bis wir mit dem fertig waren, was wir zu tun hatten.

Im Schlafzimmer holte ich mein Skizzenheft aus dem Nachtkästchen. Den vertrauten rot-grauen Umschlag. Ich erinnerte mich an den Tag, da ich es gekauft und mit neuen Münzen dafür bezahlt hatte. Aus irgendeinem Grund glänzte jede Münze, die ich der Verkäuferin reichte, wie Gold und Silber. Ich war damals romantisch genug, das als gutes Omen zu nehmen.

Wieder im Wohnzimmer, reichte ich Herrn Donnerstag mein Heft, der es wortlos entgegennahm.

»Setzen Sie sich.«

»Aber was passiert mit den Kindern?«

»Wenn sie wollen, wird das Gericht sie Ihnen zusprechen. Sie können beweisen, daß Ihr Mann Alkoholiker ist und außerstande, für sie zu sorgen.«

»Aber Willy trinkt nicht!«

»Das können Sie ändern.«

»Wie? Wie kann ich das alles ändern? Sie wiederholen es immer wieder, aber was soll das heißen?«

Er öffnete das Skizzenheft und blätterte es rasch durch, ohne irgendwo aufzuhören oder langsamer zu blättern. Als er fertig war, blickte er mich an. »Irgendwo in diesem Heft haben Sie Bilder von Gott gezeichnet. Ich kann Ihnen nicht sagen, welche es sind, aber ich habe es gerade überprüft, und sie sind hier. Einige Menschen haben diese Gabe. Einige waren imstande, Gott niederzuschreiben, andere können ihn in Töne setzen. Ich spreche nicht von Leuten wie Tolstoi oder Beethoven. Die waren nur große Künstler.

Sie kennen die Traurigkeit im Detail, um mit Ihren Worten zu sprechen. Das ist es, was Sie zur Transzendenz befähigt.

Wenn Sie sich dafür entscheiden, komme ich für den Rest Ihres Lebens öfter einmal vorbei und bitte Sie, eine Zeichnung zu machen. Wie heute die Birne. Ich werde Sie um derlei Dinge bitten, aber auch um bestimmte Arbeiten aus Ihrem Skizzenheft. Ich *kann* Ihnen verraten, Frau Becker, daß Ihr Heft voller erstaunlicher Arbeiten steckt. Es gibt mindestens drei verschiedene wichtige Zeichnungen von Gott, darunter eine, die ich nie gesehen habe. Auch anderes. Wir brauchen dieses Heft, und wir brauchen Sie, aber leider kann ich Ihnen nicht mehr verraten. Selbst wenn ich Ihnen zeigen würde, welche Ihrer Arbeiten ... transzendent sind, würden Sie nicht verstehen, wovon ich rede.

Sie können Dinge tun, zu denen wir nicht imstande sind und umgekehrt. Für uns ist es kein Problem, Frank Elkin von den Toten auferstehen zu lassen. Oder Ihren Sohn zu retten.« Er hielt mein Heft mit beiden Händen in die Höhe. »Wir sind aber nicht imstande, so etwas zu machen, und das ist der Grund, warum wir Sie brauchen.«

»Und wenn ich mich weigere?«

»Wir halten unser Wort. Ihr Sohn wird noch immer Pilot werden, aber Sie werden tiefer in Ihrem armseligen Leben versinken, bis Sie noch stärker als jetzt erkennen, daß Sie seit Jahren darin ersticken.«

»Und falls ich Ihnen das Heft gebe und Ihre Zeichnungen anfertige?«

»Sie können Frank Elkin haben und was Sie sonst noch wollen.«

»Kommen Sie aus dem Himmel?«

Herr Donnerstag lächelte zum ersten Mal. »Das kann ich, ehrlich gesagt, nicht beantworten, weil ich es nicht weiß. Das ist der Grund, warum wir Ihre Zeichnungen benötigen, Frau Becker. Weil es selbst Gott nicht mehr weiß und sich nicht mehr erinnert. Es ist, als hätte Er eine Art fortschreitender Amnesie. Er vergißt Dinge, um es einfach auszudrücken. Die einzige Art und Weise, wie wir Ihn dazu bringen können, sich zu erinnern, ist die, daß wir Ihm Bilder von Ihm selbst zeigen oder eine bestimmte Musik vorspielen oder Abschnitte aus Büchern vorlesen. Nur dann erinnert Er sich und erzählt uns die Dinge, die wir wissen müssen. Wir zeichnen alles auf, was Er sagt, aber es gibt immer weniger Momente von Klarheit. Sein Geist verliert mit dem Fortschreiten der Zeit mehr und mehr seinen ... Halt.

Wissen Sie, das Traurigste daran ist, daß selbst Er begonnen hat, die Einzelheiten zu vergessen. Und in dem Maße, da Er vergißt, verändern sich die Dinge und verschwinden. Jetzt sind es nur unbedeutende Dinge – gewisse Gerüche, Er vergißt, dieses Kind mit Armen auszustatten, jenem Mann seine Freiheit zu geben, wenn er sie verdient. Einige von uns, die für Ihn arbeiten, wissen nicht, woher sie kommen oder ob sie überhaupt das Richtige tun. Wir wissen lediglich, daß Sein Zustand immer schlimmer wird und sehr schnell etwas unternommen werden muß.

Wenn Er Ihre Bilder sieht, erinnert ihn das an Dinge, und

manchmal wird Er sogar wieder ganz der alte. Wir können dann mit Ihm zusammenarbeiten. Aber ohne Ihre Arbeiten, wenn wir Ihm nicht Bilder von Ihm selbst oder Bilder, die Er einst geschaffen, oder Worte, die Er gesprochen hat, vorführen, ist Er nur ein alter Mann mit einem Gedächtnis, das Ihn im Stich läßt. Und wenn Sein Gedächtnis dahin ist, bleibt nichts mehr zurück.«

Ich gehe nicht mehr ins Café Bremen, denn ich hatte dort ein seltsames Erlebnis, das mir das Lokal gründlich verleidet hat. Ein paar Tage, nachdem ich mit Donnerstag zuletzt zusammengetroffen war, war ich im Kaffeehaus und zeichnete das Schwein, den Felsen von Gibraltar und die uralte spanische Münze, die er von mir verlangt hatte.

Als ich die Münze gerade fertig hatte, blickte ich auf und sah Herrn Ritter, wie er mich von seinem Platz hinter der Theke scharf beobachtete. Zu scharf. Ich muß aufpassen, wen ich meine Zeichnungen sehen lasse. Donnerstag hat gesagt, daß es sehr viele gibt, die nichts lieber hätten, als daß eine bestimmte Erinnerung auf immer verschwände.

»Lauf dem Bären in den Schlund«

Es geschah folgendermaßen: William Linde hatte nie Geld gehabt. Bis er dreißig war, wollte er alles haben, bekam aber nichts. Silberfarbene Autos, die des Nachts auf der Überholspur an einem vorbeibrausten, ihr Armaturenbrett eine ferne grüne Lichterstadt, die Geheimbotschaften ausstrahlte.

Das wollte er haben: silberfarbene Autos.

Frauen, die aus Limousinen stiegen, aus teuren Läden kamen, hinter dunklen Brillengläsern aus Flughäfen in das Sonnenlicht traten.

Das wollte er haben: Frauen mit dunklen Brillengläsern...

Es gibt noch mehr in der Art, aber Sie verstehen mich schon.

Linde arbeitete hart, aber es nützte nichts. Er setzte seine ganze Zeit daran, aber es brachte ihm gerade so viel ein, daß er die Rechnungen bezahlen konnte, und das war auch schon alles. Wenn man arm ist, hat man seine Träume, denn man ist überzeugt, daß teure Dinge das Leben verschönern. Das stimmt schon, aber wenn man reich ist, so hat dieses »schöner« seine eigenen Beschränkungen.

Was ist noch neu? In seiner Unschuld sah Linde bloß den seidigen Schimmer der Modelle auf den Hochglanzphotos vor großen blauen Drinks, Koffer mit echten Messingbeschlägen, das unwirkliche Violett der Lavendelhügel in Südfrankreich.

Er hatte eine Freundin – ihren Namen weiß ich nicht mehr –, die ihm eine wertvolle Lektion erteilte: Wenn man schon kein Geld haben kann, beobachte man, was »sie« mit dem ihrigen machen, damit man zumindest weiß, was man zu tun hat, wenn man das eigene schließlich bekommt. Linde war überzeugt davon, daß er eines Tages an Geld kommen würde. Das war keine Frage.

Sie besuchten Museen. Sie verwendeten bestimmte Ausdrücke. Sie hatten einen ganz bestimmten Haarschnitt. Sie behaupteten, Shakespeare zu lesen. Er stellte eine dreiseitige Liste auf. Sie ließen ihr Essen zurückgehen. Stellten ihre Autos in einem merkwürdigen Winkel zur Fahrbahn ab, ohne sich darum zu kümmern, ob sie vielleicht jemanden behinderten.

Als er mit der Liste fertig war, stellte er erfreut fest, daß er sich einiges davon leisten konnte! Wenn er sparte, konnte er sich das Haar *dort* schneiden lassen. Die Shakespeare-Gesamtausgabe kostete nichts, auch nicht die Museen. Und die Ausdrücke kann sich jeder aneignen.

Viele dieser Leute machten auch ein Stadium durch, in dem sie so taten, als lebten sie in ärmlichen Verhältnissen statt ein paar Zoll über dem Erdboden. Trotz ihres Geldes trugen sie grobe Cordhosen und Arbeitshemden. Jeansröcke. Die Männer rasierten sich nur alle drei Tage und gingen ohne Krawatten zu Vernissagen. Die Frauen trugen Kleider aus Sweatshirtstoff und Modeschmuck. Die Reichen *sind* anders, aber manchmal tun sie so, als seien sie es nicht – eine Zeitlang. Er war jetzt in einer solchen Phase. Glücklicher Linde!

Er lernte rasch und machte es zu seinem Hobby. Wann immer er ein paar freie Stunden hatte, las er »König Lear« und lernte sogar ganze Verszeilen auswendig, nur für den Fall, daß man ihn eines Tages auf die Probe stellte und er beweisen konnte, daß er *sein* Pensum gelernt hatte!

> Doch wo die größre Krankheit Sitz gefaßt,
> Fühlt man die mindre kaum. Du fliehst den Bären;
> Doch führte dich die Flucht zur brüllenden See,
> Liefst du dem Bären in den Schlund.

Er lernte ihre Parfummarken zu unterscheiden, fand heraus, wo sie einkauften, welches Omelette man bestellen mußte.

Seine »brüllende See« war die Armut und ihre verrückte, tödliche Wirklichkeit. Wenn es falsch und vergeblich war, sich für reich zu halten, nach dem Unmöglichen sich zu sehnen, würde er *diesem* Bären freudig in den Schlund laufen – jederzeit.

Das Magische an der Geschichte ist dies: Linde gewann in der Lotterie. Kaufte ein Los für fünf Dollar und gewann zwanzig Millionen. Zwanzig Millionen Dollar! Wollte man diese Summe in einem Jahr durchbringen, müßte man am Tag ungefähr fünfundzwanzigtausend Dollar ausgeben. Man konnte auch einen Düsenjäger, ein Wohnhaus kaufen oder die Staatsschulden eines kleinen afrikanischen oder karibischen Landes.

Linde trug sein Geld zu einem Hexenmeister.

»Was tust du für mich, wenn ich dir das Geld gebe?«

Der Hexenmeister war alt und weise und hatte einst eine Unmenge Geld gemacht, aber das hatte ihm nur Schwierigkeiten eingebracht.

»Ich will Ihr Geld nicht. Was wollen *Sie*? Sie haben alles, was Sie sich je träumen ließen. Kaufen Sie sich einen Porsche. Frauen mit Sonnenbrillen warten am Flughafen auf Sie. Nehmen Sie die Concorde!« Er blickte Linde in die Augen und bemerkte, ja, daß der andere besaß, was er sich immer gewünscht hatte, daß ihm diese Wirklichkeit jedoch entsetzliche Angst einjagte.

»Ich möchte in die Zeit zurückkehren, wo ich jung und arm war, nur möchte ich diesmal mit dem Geld in der Tasche zurückkehren. Können Sie mir dazu verhelfen?«

»Gewiß, aber das ändert nichts. Haben Sie nie Ouspensky gelesen? Er hat ein ganzes Buch darüber geschrieben. Sie werden sich anders verhalten, aber Sie sind der gleiche Mensch, so daß der Unterschied nicht sehr groß sein wird.«

»Das ist aber kein schlechter Anfang. Lassen Sie sich etwas wirklich Gutes einfallen, und ich werde es gratis für Sie tun.«

Linde sah ihn mißtrauisch an. »Wieviel verlangen Sie gewöhnlich?«

»Das hängt davon, was ich tun soll, aber gewöhnlich macht es ungefähr so viel, wie Sie gerade sagten, ungefähr tausend Dollar.«

»Warum tausend?«

»Wenn es weniger wäre, würden Sie mißtrauisch werden, und wenn es mehr ausmachte, wäre ich nicht konkurrenzfähig.«

»Haben Sie einen Vorschlag?«

»So auf den ersten Blick kommt es mir vor, als hätten Sie eine Menge Zeit damit verbracht, herauszufinden, wie sich Reiche reich benehmen. Das ist so, als ob jemand, der Schauspieler werden möchte, studiert, wie Schauspieler spielen, Schauspieler zu sein. Aber jemand wie Marlon Brando spielt überhaupt nicht: Er ist bloß Marlon Brando, und dieser Kerl ist ein wunderbarer Schauspieler. Nicht wahr? Reiche wissen nicht, was sie tun, wenn sie reich sind, sie sind es bloß. Was Sie herausfinden wollen, ist, wie man sich *dabei* fühlt.«

Linde war erleichtert. »Haargenau! Können Sie mich fühlen lassen, wie man sich *dabei* fühlt, beim Reichsein?«

»Tut mir leid, das fällt nicht in mein Fach. Sie haben jetzt das große Geld. Wie fühlt man sich dabei?«

Linde blickte zu Boden. »Als ob ich es nicht haben sollte. Als ob es jemand anderem gehört, ich es nur in einer Tüte auf einer Parkbank fand.« Er schüttelte den Kopf. »Als ob ich es zurückgeben sollte.«

Der Hexenmeister, der Venasque hieß, klopfte Linde auf das

Knie. »Momentchen! Mir ist gerade was eingefallen.« Im Aufstehen streckte er Linde die Hand entgegen, damit er da bliebe, und ging aus dem Zimmer. Nach einer Weile kehrte er mit einer Lederjacke zurück. »Hier, ziehen Sie das an.«

Linde erhob sich und schlüpfte in die Jacke. Sie sah aus wie eine dieser Bomberjacken aus dem Zweiten Weltkrieg mit Pelzkragen und Kratzern und Rissen überall.

Einen Augenblick später begannen Haare auf der Jacke zu wachsen.

Es sah aus wie Zeitlupenaufnahmen von Blumen, die im Frühling aufblühen.

Linde merkte, was vor sich ging, und warf die Jacke von sich, quer durch das Wohnzimmer. Venasque nahm sie gelassen an sich.

»Was zum Teufel *ist* das?«

»Eine Tugendjacke. Wenn Sie sie anziehen und wieder Haare auf ihr wachsen – dann ist noch immer ein Rest von Anständigkeit in Ihnen lebendig. Wüchsen keine, ist sie tot. Irgendwo tief drinnen sind Sie noch immer gut. Ein bißchen durcheinander, aber gut. Ein tugendhafter Mensch mit zwanzig Millionen Dollar. Was fangen Sie damit an?«

Linde wußte auf diese Frage ebensowenig eine Antwort wie auf die Frage, was er mit seinem Vermögen tun sollte.

Venasque, der bemüht war, den Menschen keine Fingerzeige zu geben, wie man in den Himmel kommt, empfand Mitleid mit dem anderen, denn es war augenscheinlich, daß seine Verwirrung mit seiner Güte zu tun hatte. Linde hatte so viel Zeit damit zugebracht, über das Reichsein nachzudenken, daß er nicht ahnte, was er wirklich war – ein potentieller Heiliger.

Venasque wußte es aber, schob seine Prinzipien ein bißchen zur Seite und gab dem anderen einen Anstoß in die richtige Richtung.

»Ist Ihnen je aufgefallen, daß Sie nie die Geldmenge in der Tasche haben, die Sie zu haben glauben? Wenn Sie in der Brieftasche nachsehen und glauben, Sie hätten zehn Mäuse, aber in Wirklichkeit sind es dreizehn Dollar? Oder acht? Wohin verschwindet das Geld? Das Geld, das Sie zu haben glaubten? Haben Sie je darüber nachgedacht?«

»Nein.« Lindes Miene verriet nichts – hinter seinen Augen ging kein Licht auf, keine Erkenntnis, die von innen ins Gemüt aufstieg, gar nichts.

Venasque schüttelte den Kopf. Vielleicht würde der Kerl nie als

Heiliger enden. Bloß reich und blöd. Das ist es, was passiert, wenn man eine Weile reich ist: Jede nützliche und herausfordernde Verwirrung (oder Frage), der man ausgesetzt sein mochte, verschwindet irgendwann. Man wird bei all dem Glück und Segen blöd und zufrieden. Warum nachdenken über: »Warum ich?« oder »Was soll's?«, »Welchen Sinn hat das?«, solange die Taschen voll sind?

Und darin lag die Raffinesse ihres Plans. Immer mehr Leute werden reich, und immer weniger verschwenden einen Gedanken daran, was das zu bedeuten hat. Aber *das* würde Linde für sich selbst herausfinden müssen. Venasque hatte es herausgefunden, aber nur ganz knapp.

»Hören Sie mir genau zu, Linde. Wohin verschwindet all das übrige Geld? Sie glauben, es sei ausgegeben worden? Oder in einer Ritze verschwunden? Denken Sie mal nach – Sie hatten zehn Dollar. Daß Sie acht oder dreizehn haben, wenn Sie nachsehen, ist eine andere Geschichte. Gehen Sie nach Hause und zerbrechen Sie sich darüber den Kopf. Ende der Diskussion.«

Linde saß in seiner Wohnung, verwirrter denn je. Er wußte, daß er bei Venasque an den Richtigen geraten war – er sprühte vor Magie und Intuition wie eine Rakete zur Feier des 4. Juli. Er sprach in Rätseln und Andeutungen, er war bescheiden.

Was meinte er also?

In den nächsten Tagen bis zu dem Zeitpunkt, wo er sein Vermögen zur Bank geben sollte und in seinem Leben die Hölle losbrechen würde, überprüfte er dauernd seine Brieftasche.

Am Morgen tat er immer zwei Dollar und neununddreißig Cents hinein, aber bis vier Uhr nachmittags waren es vier Dollar und elf Cents oder einmal fünfzehn Dollar und fünfundvierzig Cents geworden.

Am nächsten Tag steckte Linde, ganz genau abgezählt, zwei Dollar und neununddreißig Cents ein. Aber unweigerlich war dieser Betrag bei Tagesende angewachsen oder zusammengeschrumpft. War das wirklich in seinem ganzen Leben so gewesen, selbst als er arm war und glaubte, er kenne das Äußere und den Wert eines jeden Dollars, den er bei sich trug? War das möglich?

Er kaufte sich Bücher und Zeitschriften über Finanzangelegenheiten und las sie, bis sich seine Augen anfühlten, als wollten sie in den Höhlen schmelzen. Er sprach mit Anlageberatern, Bankangestellten, Schwindlern. Jeder sagte ihm etwas anderes, Verschiedenes. Es war, als redeten sie alle verschiedene Sprachen, obwohl doch angeblich von Geld die Rede war. Flüssige Mittel, Steueroasen, Anlageformen, Edelmetalle, Arbitrage, Wertpapiere.

Um eine Theorie zu überprüfen, die ihm im Kopf herumging, fragte er einen prominenten Anlageberater, wie die Chancen für eine Umschichtung in Edelmetalle seien, wenn er seine Steuerschulden und die lineare Abschreibung mittels Hundsfott-Zero-Bonds in einen Schmuddelkuddelfonds einbrächte?

Der Berater erklärte, es sei riskant, aber möglich.

Linde kehrte mit stählernem Blick zu Venasque zurück und sagte: »Es ist das Geld! Es hat seine eigene Sprache. Man kann alles mögliche darüber sagen, und die Leute bilden sich ein, sie verstünden es. Aber keiner weiß wirklich, wovon sie reden.« Er erzählte Venasque von seinem Treffen mit dem Anlageberater. Der Hexenmeister lächelte.

»Jetzt sind Sie in Fahrt! Haben Sie die Sache mit dem Geld in der Tasche gelöst?«

Linde nickte und berichtete ihm von den verzauberten zwei Dollar und neununddreißig Cents. Venasque war so aufgeregt, daß er wie ein Kind in die Hände klatschte.

»Stimmt! *Und*?«

Linde sah ihm direkt in die Augen und sagte etwas Verrücktes. »*Und* ich möchte zum Geld reden. Ich möchte, daß Sie mich in Geld verwandeln, so daß ich ihm in seiner eigenen Sprache Fragen stellen kann.«

»Brillant!« sagte Venasque und verwandelte den neuen Millionär in eine Dollarbanknote.

Kennen Sie den Ausdruck, »Geld hat seine eigene Sprache«? Die hat sie. Nicht in Betonungen, Diphtongen, Cedillen, Umlauten . . ., denn seine Sprache ist ein unaufhörliches, fließendes Summen, das niemals aufhört und niemals von sich selbst mißverstanden wird.

Jede Münze, jede Obligation, jedes grüne oder blaue oder rote Wertpapier redet und wird jederzeit verstanden. Geld kennt keine Grenzen und keinen Meeresspiegel, kein Azimut und keine geographische Länge. Es ist völlig egoistisch, kennt zuallererst nur den eigenen Wert und dann den von seinesgleichen. Sonst zählt nichts. Seinesgleichen sind die Hunderte Milliarden von Bau- oder Steinstücken, Muscheln oder was auch immer, die zu einer bestimmten Zeit als Zahlungsmittel verwendet worden sind.

Es *redet* also, aber keiner hört zu und keiner versteht es.

Als Dollarbanknote fand Linde sehr rasch heraus, wohin seine zwei Dollar und neununddreißig Cents verschwanden. Das Geld ging seinen eigenen Weg. Es fiel durch Ritzen, zog es vor, zurückgelassen zu werden, wurde in einer Laune ausgegeben, wurde auf einem Schreibtisch oder einem Tisch oder irgendwo auf dem Boden vergessen.

Er entdeckte, daß er, als Person, keine Kontrolle darüber hatte. In den Taschen und Schubladen, Sparbüchern, Scheckbüchern und Handtäschchen der Welt tat das Geld, was es wollte. Weil es so wichtig war, schenkte ihm niemand wirklich Aufmerksamkeit. Nur die Armen wußten ungefähr, was sie hatten, weil sie so wenig davon hatten. Aber selbst sie hungerten so sehr danach, daß es für sie jede Wirklichkeit verlor.

Als Dollarnote wanderte Linde aus einer Eidechsenlederbrieftasche eines Reichen in die zerschlissene Tasche eines Zeitungsverkäufers, zu einer Frau mit langen Fingernägeln ... Bis er erkannte, daß er nicht auf die Wahl der Menschen angewiesen war, um zu kommen und zu gehen, wie es ihm gefiel. Es stand ihm frei, zu tun, was er wollte.

Die Dollarbanknote William Linde lernte sehr rasch die Sprache des Geldes, aber es dauerte einige Zeit, bis er sein größtes Geheimnis erfuhr. Das passierte erst, als er auf einem riesigen Konto auf den Grand-Cayman-Inseln landete und über den *Plan* informiert wurde.

Lange, ehe die Philosophen sich darüber den Kopf zerbrachen, entdeckte das Geld (oder das Tauschmittel, die Währung, das gesetzliche Zahlungsmittel) den freien Willen. Der einzige Haken dabei war, daß es ohne den Menschen weder Bedeutung noch einen Hersteller hatte. Darum wartete es seine Zeit ab, besprach die Sache innerhalb seiner ungeheuren und ständig anwachsenden Gesellschaft. Schließlich fiel ihm ein *Plan* ein.

Da jeder ohne den anderen hilflos war, es andererseits aber weit mehr Geld als Menschen gab, beschloß es, den Menschen in dem Glauben zu lassen, daß er die Herrschaft hätte. Er konnte es wie Dreck behandeln oder anbeten, es verachten oder damit spekulieren, bis zum Ende seines langen Tages auf der Erde. Aber wie das Kind, das sich einbildet, es befehle seinen Eltern, was sie tun sollen, behielt das Geld seinen Schöpfer liebevoll im Auge und hielt den Mund. Außer wenn es glaubte, es würden wirklich Fehler gemacht. Dann schritt das Geld, wie die Direktoren von Schweizer Banken, still und leise ein und veranlaßte die nötigen Veränderungen: verursachte einen Zusammenbruch, schuf ein Kartell, ruinierte einen Demokraten, verhalf jemandem wie Linde zu mehr in der Tasche, als er zu haben glaubte.

Es war auch spielerisch veranlagt und hatte einen subtilen Sinn für Humor. Es spielte mit Menschen, sprang aus ihren Taschen oder in sie hinein, aber häufig so raffiniert, daß es nie auffiel.

Es war ein schneller Verwandlungskünstler mit einem sehr kleinen, aber kenntnisreichen Publikum. Ab und zu fand sich sogar jemand, der verstehen oder sich zusammenreimen konnte, was vor sich ging, aber die Leute hielten den Mund, denn das war die einzige Forderung, die das Geld an seine Jünger stellte: Wir wissen, was wir tun, darum schweigen Sie bitte darüber, und wir werden schon für Sie sorgen.

Linde fragte, warum einige so reich waren und andere so arm.

Weil Gott den Umgang mit diesem Zweig des Lebens dem Geld überließ und es das Beste tat, was es konnte, obwohl kein System perfekt ist. Es gab Ungerechtigkeiten.

Gott! Ungerechtigkeiten! Wußte das Geld, was es bedeutete, wenn es einem an allem mangelte? Nicht wenn man etwas benötigte, sondern wenn es einem daran *mangelte*, sei es jetzt ein besserer Hausanstrich oder Eintrittskarten zu einem Fußballspiel? Man sich aber beides nicht leisten konnte, weil man sich bescheiden mußte. Kannte das Geld das Wort »bescheiden«? Es kannte es. Es lachte und sagte ihm, er solle endlich aufhören, so menschlich zu klingen.

Er erwachte auf der Couch in Venasques Wohnzimmer. Der alte Mann trank Eistee.

Linde setzte sich auf und wies mit dem Finger auf den anderen, als wäre alles die Schuld des Hexenmeisters. »Das Geld hat seinen eigenen Willen und tut, was es will!«

»Stimmt.« Er nippte an seinem Tee.

»Darum spielt es auch keine Rolle, was ich mit meinem Geld mache. Ich könnte alles mit Frauen durchbringen oder es für karitative Zwecke spenden. Weil es sowieso dort landen wird oder auch nicht. Vielleicht hilft es, vielleicht nicht. Vielleicht bringt irgendeine *Ungerechtigkeit* alles durcheinander.«

»Stimmt.«

»Was soll ich also damit anfangen? Wie zum Teufel werde ich in dieser Hinsicht je glücklich sein?«

Venasque lächelte. »Sie waren glücklich, als Sie studierten, wie es wäre, reich zu sein. Warum tun Sie nicht dasselbe mit dem Geld? Studieren Sie gründlich, wie man es zu guten Zwecken verwenden kann, so daß Sie, wenn der Augenblick je kommt, ihn erkennen und wissen, was Sie zu tun haben.«

Linde runzelte die Stirn. »Aber ich war sicher, ich würde eines Tages reich sein. Ich bin nicht im geringsten sicher, daß mir das Geld erlauben wird, es hier oder dort zu verwenden.«

»Zeigen Sie ihm, daß Sie wissen, was Sie tun. Überzeugen Sie es, daß Sie recht haben.«

Von da an nannten die Leute William Linde einen Spinner. Er sprach mit dem Geld. Führte Zwiegespräche mit ihm! Er gab seine Millionen (so lang er sie hatte) auf seltsame, unentzifferbare Weise aus. Fragte man ihn, worauf er aus sei, zuckte er bloß die Schultern und sagte: »Fragen Sie mich nicht, ich bin hier bloß beschäftigt.«

Zurück auf die Schulbank

Warum schlagen Herzen, brennen Zigaretten und riechen manche Hunde angenehm? Dafür gibt es gute Gründe. Es gibt gute Gründe für alles, wenn man nur genau genug nachforscht, aber diesmal hatte Louis Kent keine Gelegenheit nachzuforschen. Es passierte eben, und nachher konnte er nichts mehr dagegen tun.

Das Geräusch einer Glocke weckte ihn auf, ein durchdringendes, bösartiges Gerassel, das er selbst durch die Watte des Schlafes hindurch erkannte.

»Großer Gott!«

Er drehte sich im Bett um und erblickte ein Gesicht, das seit fünfzehn Jahren aus seinen Gedanken, viel mehr aber noch aus seinem Blick entschwunden gewesen war. Mark Schuster stöhnte in seinem Bett auf der anderen Seite des Zimmers und zog sich das Kissen über das Gesicht.

Mark Schuster, achtzehn Jahre alt und vorzeitig an der Brown University als Student akzeptiert. Mark Schuster, der sechs Fläschchen von italienischem Eau de Cologne auf dem Ankleidetisch stehen hatte. Mark Schuster, der eine Freundin in der Stadt und eine weitere in New York City hatte.

»Ist denn nicht Samstag? Warum, zum Teufel, ist nicht Samstag?«

Es hatte lange gedauert, aber im Alter von zweiunddreißig konnte sich Louis Kent schließlich als glücklichen Menschen bezeichnen. Er hatte eine interessante Stellung, eine Frau, die ihn für sexuell attraktiv hielt, und eine kleine Tochter, die nicht schlafen gehen wollte, wenn der Vater sie nicht zu Bett brachte.

Kent faßte erst im College richtig Tritt nach einer unglücklichen Jugendzeit an einer snobistischen Knabenschule in New Hampshire, wo die Lehrer manche willkürlich bevorzugten und es zwanzigmal im Jahr schneite. Bald nach dem Schulabschluß fing er jedoch an, von der Stätte und den Menschen dort zu träumen. Es waren keine schlimmen Träume, aber häufig erwachte er aus ihnen mit weitaufgerissenen Augen und etwas außer Atem. In diesen Träumen waren Mathematikarbeiten, Lacrosse-Übungen und der Geruch des Internatsessens so wirklich wie einst vor vielen Jahren.

In diesen Träumen war er wieder sechzehn oder siebzehn, lief zum Unterricht, wobei er sich unterwegs die Krawatte band, oder spürte auch, wie ihm flau im Magen wurde, wenn er am Tag einer Prüfung zum Geschichtsunterricht kam.

Kent wollte jedoch jene Zeit so weit von sich schieben, wie er nur konnte. Seine Frau wunderte sich oft, daß er kaum über seine Teenagerzeit sprach. Er erwiderte dann auf seine ruhige und freundliche Art, daß es kein reines Vergnügen sei, in Erinnerungen an eine Zeit zu schwelgen, in der zu leben kein reines Vergnügen gewesen war.

Dinge, bei denen man sicher ist, daß man sie im Lauf der Zeit vergißt, sind nicht so leicht abzuschütteln, wie man glaubt. Eine Miene, die sich vor Schmerz verzog über etwas, was man getan hatte, eine Liebe, die kam und verging, als man vierzehn war... Man ist intelligent und rational, aber man kann es nicht steuern. Kent träumte von der High School so, wie man die Narbe einer alten, tiefen Wunde berührt: zärtlich, mit erinnernder Furcht und besitzergreifend. Kindheitserinnerungen sind unsere Narben, und oft hütet und pflegt man sie ebenso wie man sie haßt.

»Du lieber Gott, Kent, es ist schon acht vorbei!« Schuster sprang in seiner weißen Unterhose aus dem Bett und lief aus dem Zimmer ins Bad. Kent starrte weiterhin auf das leere Bett des anderen. Draußen hörte er Geschrei, Geschimpfe, das Lachen von Knabenstimmen. Er blickte benommen aus dem Fenster und erblickte einen stahlgrauen Himmel. Nach fünfzehn Jahren wußte er noch immer, daß er nur sieben Minuten hatte, um aufzustehen, sich anzuziehen und in der Cafeteria in Reih und Glied anzutreten. In Reih und Glied antreten! Innerhalb von fünfzehn Jahren hatte er das College magna cum laude absolviert, in Vietnam gedient und eine Frau geheiratet, die er einst für unwahrscheinlich schön und noch unwahrscheinlicher zu gewinnen hielt. Ja, all das hatte er erreicht, aber jetzt hatte er wieder einmal Angst, nicht rechtzeitig zum Antreten beim Frühstück zu sein.

Er seufzte und schob langsam die Decke weg. In Ordnung, er würde also bei diesem Traum mitspielen, wie er es all die anderen Male zuvor getan hatte. Er *wußte*, daß er träumte, und das war beruhigend. Er wußte, daß er mitten in der Morgenversammlung oder bei einem Schokoriegel in der Pause plötzlich in eine Welt zurückkehren würde, die Jahre in der Zukunft lag, in der seine Haut frei von Akne, der ausländische Wagen in seiner Garage erst eineinhalb Jahre alt und Ronald Reagan Präsident war.

Der erste von vielen Schocks kam, als er zum Spiegel ging und sein Spiegelbild sah. Sein Gesicht *war* rein. Sein Haaransatz war zu dem des Zweiunddreißigjährigen zurückgewichen und Falten, die im Gesicht eines Teenagers wie vorzeitiges Altern ausgesehen hätten, verrieten ihm und allen anderen, daß er der älteste Schüler der Welt im Absolventenjahrgang war.

Bei seinen früheren Träumen von der Schule war er immer, *immer* ein Teenager gewesen. Das erwachsene Gesicht des Louis Kent war eine erschreckende Neuentwicklung.

»Los, Kent, beweg deinen Arsch ein bißchen.« Schuster sauste zur Tür herein, stracks auf seinen Spind zu. »Wenn der Menschenfresser diesen Morgen Dienst hat, sitzen wir schön in der Tinte.«

Louis stand da und trug den Flanellpyjama, den er, wie er sich erinnerte, im ersten Collegejahr weggeworfen hatte.

»Schuster, sieh mich an.«

Der andere blickte ihm über die Schulter und rollte mit den Augen. »Was ist los mit dir, bist du schwul? Du bist schön. *Los,* Mann! Möchtest du wieder Hausarrest?« Er drehte sich wieder zum Schrank um und zog ein zerknittertes Hemd von einem Kleiderhaken. »Wenn *ich* wieder Hausarrest kriege, komme ich hier dieses Wochenende nicht raus, und das gibt's einfach nicht.«

»Mark, ich bin zweiunddreißig Jahre alt! Schau mich an!«

»Kent, guter Mann, du kannst so alt sein, wie du willst. Im Augenblick bin ich beschäftigt und kann mir über deine Geisteskrankheit nicht den Kopf zerbrechen.«

Ein paar Augenblicke später war Schuster angezogen und rannte mit einem traurigen Kopfschütteln in Richtung seines zum Zuspätkommen verurteilten Zimmerkameraden aus der Stube.

Kent setzte sich auf den Bettrand und stützte den Kopf in die Hände. »Meine Tochter heißt Giuliana Patricia. Ich habe zwanzigtausend Dollar auf der Bank. Meine Kontonummer ist 35203560. Mein Wagen hat 46000 km auf dem Tacho...«

Den Kopf in die Hände gestützt, verbrachte er Minuten damit, vor sich her zu sagen, was, soweit er wußte, die wahren Fakten seines Lebens waren: Kundennamen, teure Restaurants, die Art und Weise, wie ihn seine Frau mit Vorliebe küßte. Während er diese heilige Litanei durchging, hörte er Glocken läuten und wußte, wiederum aus dem Gedächtnis, daß das Frühstück und die Morgenandacht vorbei waren und die erste Unterrichtsstunde begonnen hatte.

Einige Zeit darauf (er war aufs Bett zurückgesunken, hielt aber die Augen geschlossen) kam der Hausaufseher herein und rief leise seinen Namen.

»Mr. Kent? Ist mit dir alles in Ordnung, mein Junge?«

Louis sah den Mann an und lächelte wild. »Mr. Halston, ich bin zweiunddreißig Jahre alt. Ich war im Jahr 1968 mit der Schule fertig!«

»Fühlst du dich nicht wohl, Kent? Möchtest du ins Krankenrevier?«

»Halston, ich bin Louis Kent. Ich spende für den Fonds der ehemaligen Studenten. Um Himmels willen, ich bin älter als Sie!«

Das stimmte. Der jüngere Lehrer setzte sich auf Schusters zerwühltes Bett und legte die Hände auf die tweedbedeckten Knie. »Louis, du weißt, daß ich hier einer von denen bin, die dir wirklich wohlgesinnt sind. Du hast ein Hirn im Kopf, wenn du gewillt bist, es zu benutzen. Aber das hier, Kindchen, heißt, deinen Kopf *nicht* zu benutzen. Du hast in diesem Vierteljahr sechsmal die Messe ohne Entschuldigung versäumt, und das bedeutet nicht gerade, kühlen Kopf zu bewahren.«

»Aber Mr. Halston, sehen Sie denn nicht? Ich bin ein *Mann*! Ein Erwachsener! Ich bin zweiunddreißig. Ich *brauche nicht* mehr zur Messe zu gehen. Ich bin verheiratet! Ich habe eine goldene American-Expreß-Kreditkarte!«

»Also gut, Louis, ich spiele mit. Leg dich auf den Rücken und mime den Narren. Ich habe jetzt Unterricht. Ich habe dir genau das gesagt, weshalb ich gekommen bin.«

Halston schloß die Tür leise hinter sich, und Louis blieb zurück, allein und verängstigt.

Blasingame beugte sich herüber und warf einen verstohlenen Blick auf Kents fast leeren Prüfungsbogen. Kent wußte nichts. Alles, woran er sich erinnern konnte, war der pythagoreische Lehrsatz, und hier handelte es sich um Integralrechnung. Der andere Junge schnaubte verächtlich und blickte wieder auf seinen eigenen Bogen. »Und ich habe geglaubt, *ich* sei dumm, Kent«, flüsterte er böse.

Alles, was Kent als Erwiderung einfiel, war ein schwaches: »Aber ich bin zweiunddreißig!«

Der Lehrer wandte sich blitzschnell von der Tafel um und warf einen Schwamm nach ihm.

»Kent, du bist zu dumm zum Schwindeln, bring uns also nicht mit deinem Versuch in Verlegenheit.«

Nichts, was er tat, konnte es aufhalten. Beim Fußballtraining traf ihn jemand so hart, daß er stürzte und sich eine teure Krone ausbrach, die er sich in New York von Leonard Bernsteins Zahnarzt hatte machen lassen. Als sie gegen Tagesende sprinten mußten, trieben ihm Jahre des Rauchens filterloser Zigaretten heiße, grausam schmerzende Spieße in die Brust, und es machte ihm nichts aus, wenn die anderen jedesmal zwanzig oder dreißig Meter vor ihm waren. Er wünschte sich nichts weiter in der Welt, als blinzelnd aufzuwachen und im Bett neben Sandra zu liegen, unter der wunderbaren Daunendecke, die sie vor einigen Jahren auf einer Geschäftsreise in Zürich gekauft hatten.

Was noch schlimmer war, die Mannschaft, mit der er trainierte, war nicht einmal die Universitätsmannschaft oder die Jugendmannschaft; es war eine Schulmannschaft, die aus allen Wurzelzwergen, Pennern, Bücherwürmern und Knilchen der Schule bestand. Er erkannte die Gesichter aus seiner Vergangenheit auf der Stelle. Dave Miller, der sich eine Ratte im Zimmer hielt, niemals badete oder duschte und in der Unterstufe bei der Eignungsprüfung für Physik 800 Punkte erzielte. Tom Connolly, der glaubte, daß der bedeutendste Mensch, der je gelebt hatte, Thomas von Aquin war. Jonathan Minifee, der nichts tat außer Waffenzeitschriften zu lesen und Mitglied der amerikanischen Nazi-Partei war.

Das waren jetzt seine Konkurrenten, die ihn in allem überholten, die die umfallenden Attrappen wie Kriegspfeile trafen, und untereinander feixten, wenn er auf dem Spielfeld mit heftigem Seitenstechen zusammenbrach.

Zum Glück war Winston, der Latein- und Griechischlehrer, ihr Trainer. Er trainierte sie, weil er mußte, und nahm seinen Zwergcollie Orestes zu jedem Training mit. Wenn er Louis zurückbleiben sah, tat er Aussprüche, wie: »Ach, *lauf,* Kent! Sei doch nicht so langweilig.«

Nachher, im Umkleideraum blickten ihn die paar Mitspieler, die tatsächlich duschten, mit einer Mischung aus Mitleid und Verachtung an. Sie wußten, wie weit unten *sie* im Ansehen der Schule standen, und daß jemand noch schlechter dran war als sie, war kaum zu glauben. Nur Patoprsty, der in der Schule bloß wegen seiner Größe von 1,70 berühmt war, kam herüber und fragte Kent, ob er nachher in sein Zimmer mitkommen und sich alte Hefte des *Modelleisenbahners* ansehen wolle.

Während er sich langsam anzog, kam die Universitätsmannschaft herein, lachend und hübsch anzusehen und erschöpft. Wiederum erkannte er die Gesichter sofort, besonders das von Grey Harris.

Mit achtzehn war Harris beinahe erschreckend vollkommen. So viel sprach für ihn, daß alle vor Ehrfurcht erstarrten. Er war freundlich, brillant, hübsch und athletisch. Alles, was er anpackte, wurde zu Gold, darüber hinaus tat er es mühelos. Man mußte zurücktreten und die Augen vor seinem Glanz abschirmen.

Harris kam die Reihe der Spinde entlang und legte seinen zerschrammten Helm auf die Holzbank. Louis blickte ihn aus den Augenwinkeln an und erinnerte sich, wie eifersüchtig er vor Jahren auf ihn gewesen war. Überraschend wandte sich Harris ihm zu und begann mit gedämpfter Stimme zu sprechen.

»Hör zu, Kent, es gibt jetzt allerlei Gerede über dich, du weißt, was ich meine?« Er beugte sich hinab, um ein Schuhband aufzumachen. »Halston kam nach der Stunde zu mir und sagte mir, ich solle mit dir reden. Was für ein Blödian! Was mich angeht, kannst du tun und lassen, was dir einfällt. Das einzige Problem ist, wenn du noch einmal Hausarrest kriegst, bist du suspendiert, stimmt's? Das bedeutet, daß die Diskussionsmannschaft Pech hat. Wir beide wissen, daß das alles eine große Scheiße ist, und wenn ich deine Nerven oder Verrücktheiten hätte, würde ich mehr Stunden schwänzen als du, aber darum geht es nicht. Du bist der beste Diskussionsredner, den wir haben, und wir haben nur eine Chance, im Finale als Mannschaft zu bestehen, wenn du bei uns mitmachst. Verstanden?«

Louis blickte Harris an und nickte. Er war richtig gerührt. Man brauchte ihn. Grey Harris sagte wirklich, daß er und die anderen in der Mannschaft ihn *brauchten*.

»Ja. Du bist mal eine Weile artig? Fabelhaft. Vielen Dank, Mann. Das ist großartig.« Harris lächelte warm und band weiter die Schuhbänder seiner Trainingsschuhe auf.

Einen Augenblick später war der Zauberbann von Harris' Gesicht und Worten verflogen und Louis merkte, daß er sich schuldig gefühlt hatte, weil er die Burschen von der Diskussionsmannschaft im Stich gelassen hatte!

»Das ist *verrückt*!«

Harris blickte herüber und lächelte engelhaft.

»Was?«

»Du! Das da! Was kümmert mich die verdammte Diskussionsmannschaft? Ich bin zweiunddreißig.« Er sprang auf und rannte zur Tür.

Das war alles viel zu weit gegangen. Der Traum hatte ihn zu sehr eingezogen und drückte die Wirklichkeit aus ihm hinaus. Nichts gegen einen Traum, solange er sich in Grenzen hielt, aber bei diesem gab es keine Anzeichen, daß er bald enden würde, und inzwischen hatte er ihn noch fester in seinem Bärengriff. Er mußte etwas unternehmen, und zwar schnell.

»Hal-lo?« Die Stimme seiner Tochter war deutlich erkennbar und wirklich. Er stand in der Telephonzelle in Delaide Hall und blickte auf die Millionen Jahre von Studentengraffiti, die auf die Wände geschmiert waren.

»Hallo Vati, Mama, es ist Va-ti!« Ein lauter Plumps lieferte ihm einen weiteren Anhaltspunkt für die wirkliche Welt: Er wußte, daß seine Tochter den Telephonhörer auf den Tisch hatte fallen lassen, etwas, wofür er sie immer wieder ausgescholten hatte. Aber jetzt ließ dieses schmerzhaft verstärkte Geräusch seinem Herzen und seinen Hoffnungen Flügel wachsen.

»Louie? Hallo, Liebling, Wie geht's in der Schule?«

»Sandra! Sandra, ich bin es!«

»Ich weiß, Liebling. Glaubst du, ich kenne deine Stimme nicht, Dummerchen?« Sie lachte einen Augenblick, bis ihm klar wurde, was sie gesagt hatte. »Wie geht's in der *Schule*?«

»Sandra, du weißt?«

»Wissen? Was? Wie ist es dir bei der Schularbeit im Integralrechnen ergangen?«

Kleine Bomben aus Furcht und Eis begannen in seinem Körper zu explodieren. »Sandra, ich bin *wieder in der Schule*. Sie bilden sich ein, ich sei achtzehn!«

»Louie, Liebling, ich bin wirklich müde. Giuli war heute sehr lästig, und ich habe einfach nicht die Kraft. Kommst du dieses Wochenende heim oder nicht? Hast du Ausgang erhalten?«

Er erwiderte nichts.

»Louie, willst du mir etwas sagen?« Ihre Stimme wurde hart und kalt wie ein Stück Fels im Winter. »Bist du bei der Prüfung im Integralrechnen durchgefallen?«

Er hörte, wie ihre Stimme die Frage wiederholte, sehr laut und knarrend, als er leise den Hörer auf die Gabel zurücklegte. Er lehnte sich mit dem Rücken gegen die Telephonzelle und blickte erneut auf die Worte, die in brutaler Dauerhaftigkeit auf der gegenüberliegenden Wand eingeschnitten und eingekerbt waren. Er kannte einige der Namen. Schmalz, Olding, Smith. Namen aus den hinteren Seiten der Absolventenzeitschrift. Bankvizepräsidenten. Forscher, Versager, Erfolgreiche. Große Tiere und kleine Fische.

Die Glocke, die ihm jeden Tag in seinem neuen Leben hier zugesetzt hatte, unterbrach sein Nachdenken und machte ihn darauf aufmerksam, daß es Zeit für das abendliche Studierzimmer sei. Er würde in die Bibliothek gehen. Ältere Schüler hatten dieses Privileg. Sogar ältere Schüler unter Hausarrest. Er würde in die Bibliothek gehen, sich die Zeitschriften ansehen und sich fürchten. Schließlich, wenn sich die Welt um ihn schon bis auf ein paar Zentimeter zusammengezogen hätten, würde er zu den Stapeln zurückkehren und nach Büchern über das Thema der Diskussionsmannschaft für den Wettbewerb Ausschau halten: »Die Todesstrafe – ein Schritt vorwärts oder ein Schritt zurück?«

Die Herbstkollektion

Von Anfang an wollte er kein Mitleid. Legte keinen Wert auf jene gräßliche, rücksichtsvolle Freundlichkeit, die einem automatisch zuteil wird, wenn es sich herumspricht, daß man vom Tode gezeichnet ist. Er selbst hatte dieses Mitleid vor Jahren für seine Mutter empfunden, als ihr dieselbe Krankheit langsam das Antlitz raubte. Alle Runzeln und Rundungen eines Menschenlebens verschwanden, bis nur die getreuen Knochen des Schädels übrigblieben, um die Angehörigen daran zu erinnern, wie sie bald für immer aussehen würde.

Da er es liebte, den nächtlichen Himmel zu betrachten, war das einzige, was »Krebs« für ihn ursprünglich bedeutete, ein Häufchen Sterne, das ungefähr die Form eines Krebses hatte. Er kam jedoch darauf, daß die Krankheit kein dahinhuschendes Wesen in einer harten Schale mit Scheren war. Wenn ein Vergleich überhaupt zulässig war, dann glich sie einer langsamen, malvenfarbigen Welle, die die fernsten Küsten seines Körpers unter Wasser setzte und sich dann gemächlich zurückzog. Sie hatte ihre Gezeiten, und diese Gezeiten ließen sich beinahe voraussagen.

Er war mit einer Frau verheiratet gewesen, die sich für aufregend und quicklebendig hielt. Jahrelang hatten sich beide von ihren Illusionen täuschen lassen. Als es zu Ende war, brach sie in Tränen aus und gab ihm an allem die Schuld – er hätte ihr das Feuer geraubt und es dann ausgehen lassen. Sie wußten beide, daß das nicht stimmte, aber es war besser so, als zugeben zu müssen, daß sie beide im Grunde erzlangweilige Leute waren.

Sie wohnten in derselben Stadt. Ab und zu traf er sie, beinahe immer in Gesellschaft beschämend merkwürdig aussehender Leute. Er wußte, worauf sie aus war, und es stimmte ihn traurig. Als sich ihre Wege das letzte Mal gekreuzt hatten, trug sie einen gelben Hut und schwarze Basketballschuhe. Er war in den nächsten Laden gelaufen, um einem Zusammentreffen mit ihr auszuweichen.

Er unterrichtete an einer mittelmäßigen Privatschule Geschichte. Jahr um Jahr stellte er dieselben Aufgaben und wußte recht gut, daß er, egal wie aufgeweckt und wissensdurstig die Studenten waren, nicht imstande war, ihnen etwas von dem Glanz und der Pracht der Vergangenheit zu vermitteln. In der Klasse betrachteten sie ihn mit demselben Ausdruck, den man bei Seifenwerbung im Fernsehen aufsetzt.

Er war niemals in Europa gewesen, hatte nie an einem Krieg teilgenommen. Seine Bestimmung auf Erden lag nicht darin, an aufregenden Orten zu leben. Er hatte einmal einen Hund besessen, aber als dieser das Zeitliche segnete, wollte er keinen anderen mehr.

Nachts lag er im Bett und grübelte darüber nach, daß der einzige Gefährte, den er jetzt hatte, der Krebs war, der ihn umbrachte. Er hatte siebenunddreißigtausend Dollar auf der Bank und nicht die geringste Ahnung, was er damit anfangen sollte. Mit Sicherheit würde er das Geld nicht seiner Frau vermachen, die womöglich eine Unmenge Kniestrümpfe kaufen oder es in einem Anfall von »Ersatz«-Leidenschaft einem notleidenden Künstler schenken würde.

Neben der kalten Unausweichlichkeit des Todes erschreckte ihn sein Mangel an Verlangen, in seinen letzten Tagen auf Erden etwas zu tun oder etwas zu besitzen, was gänzlich außerhalb des Gewöhnlichen lag. Die Ärzte sagten, er hätte noch ein oder zwei Jahre zu leben, wenn er auf sich aufpaßte, und er wußte, daß das so ziemlich das einzige war, was er gut konnte – auf sich aufzupassen.

Am Ende des Schuljahres verständigte er den Direktor davon, daß er im Herbst nicht mehr zurückkehren würde, und er freute sich über die verblüffte, bewundernde Miene, die ihm zuteil wurde, als er erklärte, er könne nicht verraten, weshalb er kündige. Noch nie zuvor hatte er bei einem anderen Menschen diesen Blick ausgelöst.

Er verkaufte sein weißes Auto, seinen schwarzen Fernsehapparat und die erdbraune Couch. Er hatte so viel Geld, daß er sich schuldig fühlte. Er überlegte neuerlich, ob er nicht doch etwas davon seiner Frau hinterlassen sollte, aber die Erinnerung an ihr Ego und ihren gelben Hut brachten ihn davon ab.

Auf dem Totenbett hatte seine Mutter erklärt, es täte ihr nur leid, daß sie nie nach Bali gereist war. Wie glücklich war sie zu preisen, solche Träume und Enttäuschungen gehabt zu haben! Er dachte daran, in ein Reisebüro zu gehen, um sich durch Farbplakate und farbglänzende Faltprospekte verführen zu lassen, aus einer plötzlichen Eingebung heraus ein Ticket für einen beunruhigend exotischen und fernen Ort zu kaufen, wo halbverhungerte

Hunde keuchend mitten auf der Straße liegen und Frauen mit orangefarbenen Körben auf dem Kopf am Strand frische Ananas feilbieten.

Die Reisebüroangestellte taxierte ihn und schlug ihm Disneyland vor. Er wußte, sein Gesicht verriet Gewöhnlichkeit, er hatte eine billige Armbanduhr und Kugelschreiber, auf denen der Name einer Installateurfirma eingeprägt war. Als er so dieser modisch gekleideten jungen Frau gegenübersaß, die vielleicht gerade mit einem ihrer Liebhaber aus Tanger zurückgekommen war, fühlte er sich versucht zu sagen: »Achtung, ich *bin* anders – ich sterbe!« Aber er gehörte nicht zu dieser Sorte von Männern. Als sie erkannte, daß er nicht an einem viertägigen Inklusivarrangement – einschließlich Übernachtung und Flug – in jenem Land interessiert war, wo Familien hinfuhren, um ihren Kindern eine Freude zu machen und sich in ihrem glücklichen Leben eine glückliche Erholungspause zu gönnen, war er für sie sofort gestorben.

Er fragte nach einem Prospekt über eine afrikanische Safari, und sie gab ihn ihm widerwillig, als gehörten selbst die Photographien von Löwen und den Viktoriafällen nicht in seine Hände.

Daher kam ihm der Schmerz, als er sich einstellte, gelegen. Wenn er schon nicht bemerkenswert sein konnte, konnte er versuchen, stoisch zu sein. Er würde seinen bevorstehenden Tod vor der übrigen Welt verborgen halten wie ein Kind sein Geheimnis. Wenn es ihn nicht mehr gab, mochten sich sogar ein oder zwei Leute finden, die der Umstand beeindrucken würde, daß sie, bis zu dem Zeitpunkt, da er tot war, nicht gewußt hatten, daß es mit ihm zu Ende ging.

Es kostete ihn wenig Zeit, alle seine Papiere zu ordnen, und als er fertig war, löste er sein Bankkonto auf und wechselte sein Bargeld in ein Bündel Reiseschecks, so dick, daß sich seine Tasche ausbeulte.

Er fuhr nach New York. Er wußte nicht, wie lange er dort bleiben würde, aber diese Stadt war riesig und aufgeladen, und unbewußt hoffte er, daß sich etwas von dieser unbestimmten Energie auf ihn übertragen würde. Er hatte mit seiner Frau die Flitterwochen dort verbracht; es spielte jetzt keine Rolle, daß die Stadt ihn damals erschreckt hatte, denn er hatte nichts mehr zu verlieren.

Fast der erste Gedanke, der ihm dort kam, war, daß Tausende von Menschen ebenfalls sterben. Er verbrachte einen Vormittag damit, Gesichter zu studieren und versuchte, an einem Zeichen oder einer Gebärde bei Passanten Anzeichen dafür zu entdecken, daß sie um ihr Ende wußten. Diesen Versuch gab er bald wieder auf, aber die Erkenntnis munterte ihn auf, daß, nur wenige Schritte entfernt, jetzt oder in einer Minute, jemand da wäre, der sein Schicksal teilte.

Er wußte genau, daß er selbst im dunkelsten, wildesten Harlem völlig sicher wäre, denn kein Mensch würde seine Zeit damit vergeuden, ihm eins über den Schädel zu geben; mit einem Blick würde jeder erkennen, daß er nicht mehr als neun Dollar und einen Plastikkamm in der Tasche trug. Um seine Theorie zu testen, nahm er um zehn Uhr abends eine übel aussehende Untergrundbahn zur 125. Straße und stellte fest, daß er recht gehabt hatte – genausogut hätte er unsichtbar sein können.

Der Ausflug war jedoch keine völlige Zeitvergeudung, denn in den Straßen brodelte das gefährliche Leben und gab ihm das Gefühl, tapfer und abenteuerlustig zu sein. Zum ersten Mal wünschte er sich, seine Frau sei da, so daß er sie anrufen und ihr erzählen könnte, was er unternommen hatte. Sie hätte ihm nicht geglaubt, aber das spielte keine Rolle; er *hatte* es getan, und das Erlebnis war ebenso ein Teil seiner selbst wie das Haar auf seinem Kopf.

Am nächsten Tag war er von der gleichen Unternehmungslust wie bei seinem Abstecher nach Harlem erfüllt, und ohne besonderen Grund steckte er an diesem Morgen alle seine Reiseschecks ein. Wie viele andere Menschen gingen in New York mit nahezu vierzigtausend Dollar in der Tasche umher?

Ein Sturm aus dem Nichts überraschte ihn auf der Fifth Avenue, und er hatte als einzigen Schutz nur seine Hemdsärmel. Er suchte mit mehreren anderen unter einer breiten Geschäftsmarkise Zuflucht. Als er sich zufällig umdrehte, merkte er, daß er vor einer exklusiven italienischen Herrenboutique stand und daß im Fenster der schönste Regenschirm ausgestellt war, den er je gesehen hatte. Es überstieg seine Vorstellungskraft, wie etwas so Alltägliches zu etwas so außerordentlich Hübschem werden konnte. Der Gedanke deprimierte ihn, daß es irgendwo auf der Welt Leute gab, die imstande waren, sich Tag für Tag solche Schönheiten auszudenken. Ein schöner Regenschirm. Ein exquisiter Regenschirm.

Es deprimierte ihn, aber es war ihm klar, daß er ihn haben mußte. Leise zitternd stieß er die schwere Tür auf und betrat einen

Laden, in dem er – das wußte er wohl – nichts zu suchen hatte, abgesehen von dem Umstand, daß er dort tatsächlich etwas kaufen wollte. Etwas Schönes und irrsinig Teures, das ihm, wirklich ihm, bald für den Rest seines kurzen Lebens gehören würde. Als er über den dicken königsblauen Teppichboden schritt, wußte er, daß er ohne das Abenteuer der vergangenen Nacht nie den Mut dazu aufgebracht hätte.

Der Verkäufer trug einen Anzug, den ein anderes italienisches Genie sich erträumt haben mußte. Sein Verhalten war gemessen und freundlich, und er wirkte nicht im geringsten überrascht oder beleidigt, daß dieser tropfnasse Kerl in einem verwaschenen grünen Banlon-Hemd den Veroni-Regenschirm aus dem Schaufenster sehen wollte. Mit der Geste eines selbstsicheren Matadors spannte der Verkäufer das wunderschöne Ding auf und stellte es mit großer Sorgfalt auf den Boden.

Die Geste war anmutig, aber unnötig, denn der Mann fuhr bereits mit der Hand in die Tasche, um die Schecks hervorzuholen. Selbst der Regenschirm schien sein Schicksal mit Anmut zu ertragen. Er wußte, er sollte in einem silbernen Lear-Jet auf dem Sitz liegen oder am Arm eines Mannes mit Autotelephon im Wagen hängen, aber wie alle schönen und edlen Dinge erklärte er sich bereit, dem Sterbenden so gut zu dienen, als wäre dieser ein Fürst oder ein Magnat. Er kannte seinen Wert und würde der Welt vormachen, daß sein neuer Besitzer ihn zu besitzen verdiente.

Er kostete dreihundert Dollar. Der Mann war erstaunt, wie es jemanden einfallen konnte, so viel für einen Regenschirm zu verlangen, aber er bezahlte und freute sich über das unmerkliche, zustimmende Lachen des Verkäufers.

»Wünschen Sie noch etwas, Sir?«

Er wollte gerade nein sagen, als ihm die orangefarbenen Bogenlampen und die plärrende Straßenmusik der vergangenen Nacht einfielen. Er schloß die Augen und stellte sich vor, daß er in wenigen Monaten tot sein würde. Was spielte das für eine Rolle? Siebenunddreißigtausend Dollar und tot. Er lachte. Er wußte, daß er in jedem Fall mit seinem Regenschirm neben sich begraben werden wollte, wie ein ägyptischer Pharao, der seinen eigenen bescheidenen Reichtum mit sich auf die andere Seite nimmt.

Er lachte erneut, und der Verkäufer sah ihn fragend an.

»Ja, wahrhaftig. Vermutlich hört es sich merkwürdig an, aber schon beim Eintreten habe ich Ihren Anzug bewundert. Ist er aus diesem Laden?«

»Ja, Sir, es ist aber ein Modell aus dem letzten Jahr. Wie Sie wissen, sind in dieser Saison die Aufschläge der Veroni-Anzüge weit schmäler. Möchten Sie sie sehen?«

Im glücklichsten Traum, den er je gehabt hatte, folgte er dem netten Mann in die Anzugabteilung, und nach einer Stunde des Anprobierens und Auswählens verließ er den Laden mit Schachteln und Taschen, die in das berühmte bräunlich-hellgrüne Papier von Enrico Veroni eingewickelt waren.

Die Hose zu dem Tausenddollar-Lodenanzug würde erst in einer Woche fertig werden, aber in jener Nacht trug er das Cashmere-Jackett und das Leinenhemd mit offenem Kragen – beides zusammen kostete mehr, als er in einem Monat Unterrichtens verdient hatte.

Er hatte keine Ahnung, wohin er in diesem königlichen Aufzug gehen sollte, darum schlenderte er die Third Avenue auf und ab, betrachtete die Menschen und überlegte sich, in welchem Restaurant er essen wollte und welchen Film er sich ansehen sollte.

Das Essen war ganz ausgezeichnet und der Film so mitreißend, daß er, als er zu Ende war, den Abend nicht einfach so beschließen wollte, und darum kehrte er in das Restaurant zurück, wo er zu Abend gegessen hatte, und setzte sich an die Bar.

Leute strömten herein und hinaus, sie unterhielten sich laut und lachten, und alles war wunderschön. Eine Frau mit kurzem Haar und langen Fingernägeln ließ sich neben ihm nieder und musterte ihn prüfend.

»Sie sind der erste, dem ich begegnet bin, der in dem Veroni-Zeug halbwegs anständig aussieht.«

Und sein wunderbarer Abend ging weiter.

Am nächsten Tag erwachte er mit einem Katzenjammer und mit einem Taschenbuch, auf dem er den Namen und die Adresse der Frau mit Filzschreiber notiert hatte. Auf der Straße kaufte er sich zuallererst drei Zeitschriften über Männermode, und in der Stille eines leeren Cafés studierte er ihre Worte und Bilder andächtig wie ein Student, der den Talmud auswendig lernt.

Wieder begeisterte ihn, wie Leute Farben und Material kombinierten, um fröhliche, auffallende, wunderbare Herrenmode zu schaffen, die die menschliche Gestalt zu einem Verwandten der wilden Tiere, der herbstlichen Wälder, der tropischen Sonnenaufgänge machten.

Bis gegen zehn Uhr vormittags stießen ihm zwei wundersame Dinge zu. Ein Schmerz, so groß wie die Welt, fuhr ihm so rasch und gründlich durch den Magen, daß er erkannte, wie sein Tod aussehen würde, wenn er ihn ereilte. So und nicht anders. Er mußte jedes Gramm an Kraft und Mut zusammennehmen, um nicht auf der Stelle zu sterben. Das zweite, was ihm widerfuhr, trat Sekunden nach dem Anfall ein. Als er ganz schwach versuchte, sich gegen den möglicherweise eintretenden Folgeschock zu wappnen, faßte er den Enschluß, sich noch nicht für den Tod bereit zu halten. Der sollte erst noch seine Zeit abwarten: Er hatte andere Dinge zu erledigen, ehe er sich für immer mit seinem Regenschirm zur Ruhe legte.

In den folgenden Monaten lernte er, wie man umsichtig und gut einkauft. Zu Veroni kehrte er so oft zurück, daß er und der Verkäufer stille, wenn auch nicht sehr enge Freunde wurden. Schließlich brachte er den Mut auf, dem Mann von seiner Wunschvorstellung zu erzählen, nämlich zu sterben »angetan mit dem Regenschirm«, wie er es jetzt nannte. Er erwähnte aber nicht, daß er lange tot sein würde, wenn Veroni in zwei Jahren seine völlig neue Damenkollektion auf den Markt brächte.

Weil der Laden oft leer war, beantwortete der Verkäufer alle seine Fragen und beriet ihn beim Einkauf. Einmal brachte er ihn sogar davon ab, ein teures Sportsakko zu erstehen, denn seiner Meinung nach paßte es nicht zu seinem schmalen Gesicht und seiner Figur. Der Mann erfuhr es nie, aber der Verkäufer vermutete von Anfang an, daß er sehr krank war. Der Verkäufer hatte keine Ahnung, warum dieser bleiche, ruhige Mann so modebesessen war, aber er gehörte zu jenen seltenen Menschen, die vorbehaltlos alles geben, was sie haben, und die erstaunt sind, wenn man ihr Geschenk zu schätzen weiß.

Das ist alles. Der Sterbende besaß bald die Garderobe eines reichen Mannes mit gutem Geschmack. Er lebte bis zu seinem Tode in New York, und ehe das Kartenhaus, das sein Leben war, zuerst zu wackeln und dann zu fallen begann und schließlich in sich zusammensackte, hatte er eine Liebesaffäre mit einer *wirklich* aufregenden und vor Leben sprühenden Frau, die Einkäuferin für ein exklusives Damenmodengeschäft war. Seine Kenntnisse und sein Geschmack in Kleiderfragen hatten sie auf der Stelle beeindruckt. Sie war der einzige Mensch, dem er sein schreckliches Geheimnis erzählte, und im großartigsten Augenblick seines Lebens beobachtete er, wie sich ihr Gesicht mit bitteren Falten und Tränen überzog, nachdem sie die Wahrheit gehört hatte. Sie liebte ihn, sagte sie. Sie hatte nie jemanden gekannt, der so nett und doch so interessant war. Staunend sah er ihr zu, wie sie weinte und konnte sein Glück kaum fassen.

Die Tücke des Subjekts

Ehe Erin das Haus verließ, schaltete sie ihren neuen Anrufbeantworter ein. Einige Abende zuvor hatte sie sich mit der Gebrauchsanweisung und einem Glas Wein hingesetzt und war eine lange Liste durchgegangen, was zu tun sei, um das teure, nach High-Tech aussehende Ding zum Funktionieren zu bringen. Sie war der verpaßten Telephonanrufe überdrüssig. Die Leute beschwerten sich die ganze Zeit, daß sie nicht zu erreichen sei, und jetzt, nach ihrer neuen Anstellung bei der Theatergruppe, war es wichtiger als je zuvor, zu wissen, was in den letzten paar Stunden für sie hinterlassen worden war.

Mißtrauisch gegen jede Maschine, die ihr ein Problem so plötzlich abnahm, war sie Samstagabend nur deswegen daheim geblieben, um aufzupassen, ob die Maschine jedesmal korrekt funktionierte.

Das Telephon läutete dreimal, dann ertönte ein Klicken, und ihre mädchenhafte Stimme sagte: »Hallo. Hier ist 760-8942. Tut mir leid, daß niemand zu Hause ist, aber bitte hinterlassen Sie Ihren Namen und Ihre Nummer, und ich rufe Sie so schnell wie möglich zurück. Bitte warten Sie den Summton ab. Danke.«

Sie vernahm Bobs Stimme: »He, also hast du dir schließlich doch eine Maschine angeschafft. Gott sei Dank! Hier ist dein Bruderherz. Ruf mich an, wenn du daheim bist.«

»Erin? Ich hasse diese Maschinen. Ruf Lucia an.«

»Hi, ›ich rief bloß an, um dir zu sagen, daß ich dich liebe –‹ vergiß Garys Party nicht.«

So viele Anrufe! Sprach sie jeden Tag mit so vielen Leuten, ohne daß es ihr auffiel? Am ersten Abend spielte sie sich die Nachrichten mehrmals vor und lauschte aufmerksam auf die Art und Weise, wie sich unausweichlich die Stimme veränderte, wenn die Anrufer erkannten, daß sie mit einer Maschine und nicht mit ihr sprachen.

Es klang, als verlören sie den Mut. Da riefen sie an, bereit, sich auf ein Geben und Nehmen unter Menschen einzulassen, aber es wurde ihnen nichts weiter zuteil als eine schmissige Erin auf Tonband, die ihnen erklärte, sie hätte jetzt keine Zeit für sie, für keinen von ihnen, würde aber später Zeit haben.

An jenem ersten Abend reagierte sie so laut auf die Mitteilungen, wie sie es in Wirklichkeit gern getan hätte. Ihrem zudringlichen, fordernden Bruder beschied sie, er solle sich fortscheren und sie in Ruhe lassen. Ihre Mutter rief gewöhnlich an, um sich über etwas zu beschweren, daher sagte sie zu der aufgezeichneten Stimme ihrer Mutter, sie möge sich beruhigen. Sag zur Abwechslung mal etwas Nettes. »Warum *plaudern* wir nicht ein bißchen, Mama, nur so? Ohne jemanden durchzuhecheln, ohne sich zu ärgern. Ich geh' dir nicht auf die Nerven, wenn du mir nicht auf die Nerven gehst.« Eine Weile machte es Spaß, mit ihrer Maschine zu reden, aber dann hörte sie auf, denn sie merkte, wie selten sie ihren Familienangehörigen die Wahrheit sagte, wenn sie mit ihnen sprach. Sie hatte Bob nie gesagt, er möge sich fortscheren, oder ihrer Mutter, sie möge sie in Ruhe lassen. Die Erkenntnis, daß sie ihnen diese Dinge nie ins Gesicht sagen würde, stimmte sie traurig, und sie kam sich feige vor.

Seufzend erhob sie sich von der Couch und legte die Hand wie in einer unbewußten Segnung auf die Maschine, als wolle sie ihr erklären, sie glaubte ihr – sie vertraue ihr jetzt.

Ein nettes Extra an der Maschine war eine Fernsteuerung, die es ihr ermöglichte, von draußen anzurufen und die Mitteilungen abzuhören.

Zur Mittagszeit betrat sie eine Telephonzelle und probierte es aus. Wie peinlich war es, sich selbst am Telephon zu hören! Wie wenn man die eigene Stimme zum ersten Mal auf Tonband vernahm. Aber sie setzte sich lächelnd über diese Seltsamkeit hinweg, hielt das Kästchen der Fernsteuerung an den Hörer und drückte auf den Knopf. Das Band blieb auf der Stelle stehen. Sie hörte ein leises, sausendes Geräusch, und da waren sie: Anrufe von Weber Gregston und Wyatt Leonard. Was für eine wunderbare Sache! In ihrer Theatergruppe probten sie Szenen aus dem »Tod eines Handlungsreisenden«. In einer davon sagte ein Mann zu Willy Loman, wie wunderbar ein Tondbandgerät sei – jeder sollte sich eines anschaffen. Als sie mit den Mitteilungen von ihrer Maschine die Telephonzelle verließ, fühlte sie sich, als müßte sie das gleiche sagen – jeder sollte einen dieser Apparate haben.

Der wahre, nicht ganz zu leugnende Grund für ihre Maschine war ein neuer Freund namens Morton Palm. Er war kleingewachsen und gutaussehend und vermittelte Erin das Gefühl, daß sich zwischen ihnen etwas ganz Spezielles entwickeln könnte, wenn sie sich nur recht darum bemühten. Er war ein Gartenarchitekt aus Dänemarkt, der ihr beim zweiten Rendezvous scheu anvertraute, daß er als Hobby Kinderspielplätze entwarf. Wie sie ihn daraufhin begehrte! Die Vorstellung, wie dieser Mann spätabends über das Reißbrett gebeugt saß und sich Gedanken machte über die perfekte Schaukel oder den perfekten Sandkasten für Kinder, rief in ihr die Sehnsucht wach, sich um ihn zu kümmern und zumindest für Jahre seine Freundin zu sein. Ganz klar lag hier die Chance, daß all das wirklich eintrat, aber nur, wenn sie ihn nicht mit Forderungen bedrängte, ihre große schicksalhafte Schwäche.

Erin war mit einer ungeduldigen Natur zur Welt gekommen, und je älter sie wurde, desto schlimmer wurde es. Auf etwas zu warten, war für sie die reinste Tortur – auf die Post, darauf, daß sich die lange Schlange im Gemüseladen weiterbewegte, darauf, daß sie sich zu etwas entschloß. Sie versuchte, Läden erst dann zu betreten, wenn sie bereits wußte, was sie wollte, so daß sie nicht zu warten brauchte. Sie stellte detaillierte, schön gegliederte Listen auf. Biß sich auf die Zunge oder blickte weg, wenn Freunde zu spät kamen oder zu lange brauchten. Sie kam zu Besprechungen immer rechtzeitig, sie war die erste, die ging, sie war fähig und effizient, aber nicht sehr erfolgreich. Erin machte zu viele Leute mit ihrer akuten Pünktlichkeit und ihrem grimmigen Gesicht nervös, wenn sie zu einem Drink erst zehn Minuten nach fünf anstatt fünf Uhr kamen. Einer ihrer Liebhaber sagte grausam, sie sei zur analen Retention unfähig, weil sie bereits so viele Uhren im Hintern hätte, daß es dort keinen Platz mehr gebe.

Bislang war Morton Palm immer pünktlich gewesen, und einmal war er zu einem Rendezvous vor dem *Indochina* noch vor ihr gekommen. Das einzige wirklich Ungewöhnliche an ihm war, daß er zu jeder Tageszeit mit ihr per Telephon reden wollte. Er rief etwa um elf Uhr an und fragte, ob sie sich den Spätabendfilm ansehe. Oder um sieben an einem Samstagmorgen, um herauszufinden, ob sie Lust hätte, später mit ihm einen Spaziergang zu machen. Ursprünglich vermutete sie, daß Dänen eben gern telephonieren, aber er gewann ihr Herz nur noch mehr, als er sagte, er *hasse* das Telephon, liebe es aber, mit ihr zu reden und ihre Stimme zu hören.

Morton rief *so* häufig an, daß sie sich ständig fürchtete, etwas Wichtiges zu versäumen, was er ihr vielleicht sagen wollte. Jetzt jedoch war sie diese Sorge dank ihrem Anrufbeantworter los. Er war sogar kühner, wenn er mit dem Apparat redete statt mir ihr. Er war derjenige, der die ersten Töne von »I Just Called to Say I Love You« anstimmte, obwohl das eigentlich nicht sein Stil war.

Sein niedlicher, leicht europäisch angehauchter Akzent, mit dem er die vertrauten Worte sang, bewog sie dazu, jenes erste Band aufzuheben und es nicht zu löschen.

Am ersten Tag hörte sie den Anrufbeantworter zur Mittagszeit erneut ab und dann noch einmal am späten Nachmittag, als ihre Gruppe eine Kaffeepause einlegte. Und warum auch nicht? Dazu war das verdammte Ding ja da!

Doch bei all ihrer Ungeduld wollte sie nicht die Gewohnheit annehmen, fünfmal am Tag anzurufen, wenn sie außer Haus war. *Das* wäre lächerlich, aber Erin konnte bereits den Drang fühlen, so etwas Verdrehtes zu tun: Zur gleichen Zeit an zwei verschiedenen Orten zu sein, war für sie eine echte Versuchung.

Alles war einige Wochen hindurch in bester Ordnung, aber dann, eines Nachmittags, nach einem besonders harten Arbeitstag, als es so wirkte, als sei die ganze Besetzung schlechter Laune, tat sie etwas, was ein bißchen seltsam, aber doch recht lieb war. Erin war nicht wirklich verlegen, aber auch nicht stolz darauf. Das war nichts, was sie jemandem erzählen würde.

Sie hatte eine Lieblingstelephonzelle auf der 64. Straße, die sie oft benutzte, um ihre Maschine anzurufen. Dort war es verhältnismäßig sauber, trotz eines geheimnisvollen Geruchs nach Bananen, der immer in der Luft lag. Draußen regnete es nicht, obwohl es einem so vorkam. Nach einem Tag voll ermüdender Auseinandersetzungen und Wutausbrüche, die aufgeflammt und erloschen waren wie ein feucht gewordenes Streichholz, fühlte sie sich naß und ungewaschen und hoffte auf eine nette Nachricht von Morton. Am Abend zuvor hatten sie eine Meinungsverschiedenheit gehabt, die sich fast zu einem echten Streit auswuchs, über etwas wirklich Albernes ... albern war das einzige Wort dafür. Es war ihre Schuld, aber sie wollte, daß er sagte, es sei die seine. Es war ein Test. Wenn er es tat, so hatte sie die Bestätigung, daß er sie nur noch lieber mochte. Die Schuld um des lieben Friedens willen auf sich zu nehmen, war ein bedeutungsvoller Akt zu Beginn einer Beziehung. Er besagte: Ich liebe dich. Es ist meine Schuld. Können wir die Sache jetzt vergessen?

Es war jedoch kein netter Anruf von Morton gekommen. Tatsächlich hatte niemand angerufen, was bei ihr sofort einen entsetzlichen Krampf im Magen auslöste, wie immer, wenn sie erschreckt war. Nicht Morton. Bitte nicht er.

Sie hängte auf, blickte auf das schwarzglänzende Telephon,

dann kramte sie einige Münzen aus ihrer Geldbörse. Sie steckte eine in den Schlitz und wählte ihre eigene Nummer. Es läutete dreimal, und dann kam ihre eigene Stimme, ihr Signal für alle, die zuhörten. Als sie fertig war, wartete sie den Summton ab und sagte dann in ihrer eigenen Stimme: »Erin, hier ist Morton. Ich rief nur an, um dir zu sagen, daß ich dich liebe. Alles ist in Ordnung. Es war ganz meine Schuld.« Sie hängte mit einem kurzen Knall auf und lehnte dann den Kopf an das Telephon.

Die Wohnung daheim war angenehm warm und hob ihre Stimmung wie ein heißes Bad, das sie sich ebenfalls genehmigte. Erst nachdem sie sich etwas zum Abendessen vorbereitet und sich die Sieben-Uhr-Nachrichten angesehen hatte, prüfte sie nach, ob Anrufe eingegangen waren. Er hatte angerufen! Und war nicht mit ihrem albernen Unsinn gekommen. Der *echte* Morton Palm hatte angerufen und gesagt: »Hi, ich bin's. Ich glaube, wir sollten uns aussprechen. Ich hoffe, du bist nicht zornig. Ich bin es nicht.« Dann, beinahe als Überraschung, weil sie so glücklich war, seine Stimme zu hören, kam ihr ... er. Sie überging es mit einem Lächeln und verspürte eine kurze Verlegenheit, aber in dem Augenblick war es ein gutes Mittel gewesen, mit dem sie es rechtfertigen konnte.

Morton führte sie auf ein paar Drinks ins Plaza aus, um ihr zu erzählen, daß er in einem Monat nach Saru reisen würde. Wo war das? Am Persischen Golf. Wie lange würde er dort bleiben? Möglicherweise jahrelang. Er hatte erst diese Woche von dem Projekt erfahren, eine Gelegenheit, wie sie im Leben nur einmal vorkommt, und das war der Grund, warum er beim letzten Zusammensein so unfreundlich war – er war so verwirrt gewesen. Er liebte sie, das stand fest, er wußte aber nicht, ob sie jetzt heiraten sollten – »oder was sonst«.

Würde Sie gerne ein paar Jahre lang an einem Ort leben, der so aus der Welt war wie Saru? Sie würde sich ganz in typisch moslimischem Stil kleiden müssen, und Frauen dürften dort nicht arbeiten. Tatsächlich war ihnen in Saru nicht viel erlaubt, abgesehen vom Kinderkriegen. Er lächelte, als er ihr das sagte. Und dieses Lächeln von »c'est la vie« führte mehr als alles andere dazu, daß sie ihn nicht mochte. Ihn so wenig mochte, daß sie ihm sagen konnte, daß sie nicht glaubte, eine Ehe wäre für sie eine so großartige Idee. Sein Lächeln gefror ihm im Gesicht, zeigte kein Bedauern, keine Bitternis, keine Überraschung. Und dieses Gesicht blieb ihr später stets in Erinnerung. Dieses Lächeln. Dieses geheimnisvolle, beschissene Lächeln.

Was vom Abend übrig blieb, der kleine Rest, ging bald zum Teufel. Als sie einander zum letzten Mal »sahen«, wandte sie ihm den Rücken zu und machte sich davon, nachdem sie ihm ins Gesicht gesagt hatte, wie verdammt selbstsüchtig und anmaßend er sei, sich einzubilden, auch nur ... War ihm nicht einmal in den Sinn gekommen, daß sie gern nach Ihrer Meinung über eine Heirat oder die Übersiedlung nach Sabu gefragt worden wäre?

»*Saru*«, verbesserte er sie mit demselben Lächeln.

Sie war fort.

Zwanzig Blöcke weiter stapfte sie in eine Telephonzelle und rief sich selbst an. Sobald die Stimme am anderen Ende ertönte, begann sie zu sprechen. »Du hattest recht, Erin. Er ist ein großer Scheißer. Glaub mir, er ist nichts weiter als ein großer, selbstsüchtiger Macho-Scheißer.«

Alles, was auf dem Band drauf war, als sie es abspielte, war ein Summen und das Wort »Scheißer«.

Wie kann so etwas passieren? Wie schleppen wir, in kleinen Schritten, ganz ruhig, unseren Wahnsinn in unser Alltagsleben, wie Gymnastikübungen oder Vollkorntoast zum Frühstück?

Nach und nach begann Erin im Ernst sich selbst anzurufen. Anders kann man es nicht ausdrücken. Sie rief an, wenn sie traurig war, sie rief an, wenn sie etwas vergessen hatte. Sie rief an, weil ihr danach zumute war. Sie wechselte nach einer Weile die aufgezeichnete Begrüßungsformel nur deswegen, damit sie in der Leitung andere Wörter hörte, ehe sie zu sprechen begann.

Hätte jemand zugehört, hätte er vernommen, wie eine sehr normale Frau jemandem Dinge erzählte, die weder besonders interessant noch sehr informativ waren.

Frauen unterhalten sich gerne. Besonders mit anderen Frauen, das liegt in ihrer Natur. Hätte jemand nur die Hälfte von Erin Jennings' Konversation belauscht, hätte er gehört, wie eine nett wirkende Frau dahinplauderte. Nichts Umwerfendes. Wenn ein Zuhörer aber gewußt hätte, *mit wem* sie plauderte, hätte er Reißaus genommen.

Sie rief an und redete über Männer (natürlich viel über Morton, der nicht einmal eine Postkarte aus jenem Teil der Welt gesandt hatte), über ihren Beruf, wie sie ihrer Mutter beim Mittagessen letzte Woche hätte widersprechen sollen. Sie redete, bis der zweite

Summton ertönte, was zu bedeuten hatte, daß ihre Zeit auf dem Tonband abgelaufen war. Manchmal hängte sie auf der Stelle ein, manchmal sagte sie: »Bis später.« Einmal sogar: »Warte! Ich rufe dich zurück.« Aber das war nur ein Scherz gewesen.

Sie lernte es, sich alles in dreißig Sekunden von der Seele zu reden, soviel Zeit ungefähr erlaubte ihr das Band, bevor der Summton ertönte. In dem Comicstrip »Peanuts« sitzt Lucy in einer Telephonzelle mit der Aufschrift: »Psychiatrische Hilfe 5 Cents«. Ein Anruf kostete fünfundzwanzig Cents, aber Erin sah »Peanuts« mit anderen Augen, nachdem sie diese neue Art und Weise, wie man den Anrufbeantworter benutzen konnte, entdeckt hatte.

Er wurde zu ihrem Freund und schweigenden Vertrauten; bald kannte er ihre intimsten Geheimnisse. Sie las in einer Zeitschrift einen Artikel über einen Dienstleistungsbetrieb, bei dem man anrufen und alles beichten konnte. Warum würde jemand *so etwas* tun wollen? Das ähnelte zu sehr dem Beichten in der Kirche, bei dem man einem anonymen Priester erzählte, was man getrieben hatte. Das wollte Erin nicht – sie wünschte sich ein mitfühlendes, aufmerksames Ohr und eine Seele, bei der sie sich aussprechen konnte, die mit ihr fühlte, oder die sich überhaupt auf ihre Seite schlagen würde. Wenn sie eine Beichtnummer anrief, wie konnte sie da wissen, ob der Zuhörer nicht über ihre Traurigkeit lachte oder ein Gefühl verhöhnte, das aus den Tiefen ihres Herzens emporstieg? Die einzige Person, die ihren Beichten, Ausbrüchen, Geständnissen richtig zuhörte, war Erin Jennings, und genau so sollte es sein.

Um ihrem Vergnügen die Krone aufzusetzen, tat sie eines Tages etwas sehr Ungewöhnliches, das ihr dennoch enorm half. Spätabends gab es eine Radiosendung, in der ein bekannter Psychologe auf die Probleme der Anrufer einging. Einmal faßte sie den Mut, die Nummer anzurufen, die drei- bis viermal in der Stunde wiederholt wurde.

»Hi. Hier ist das ›Nachtohr‹. Was kann ich für Sie tun?«

»Dr. Knight, hier ist... also, es spielt keine Rolle, wer ich bin. Hören Sie, ich habe in letzter Zeit etwas sehr Merkwürdiges getan. Ich würde gern von Ihnen wissen, ob Sie es für verrückt halten oder nicht.«

»Erzählen Sie, und wir werden sehen.«

»Also, ich habe einen telephonischen Anrufbeantworter. Und manchmal... manchmal rufe ich mich selbst an und hinterlasse

Nachrichten. Wissen Sie, etwa wenn ich einen schlechten Tag hatte, rufe ich von einer Zelle aus an und sage ihm – sage mir, ich möge fröhlich sein! Oder ich gebe vor, jemand anderer zu sein und hinterlasse eine nette Botschaft oder dergleichen ...« Ihre Lippen, die ganz ausgetrocknet waren, bewegten sich lautlos weiter, aber sie war zu erschrocken, um fortzufahren, denn sie glaubte, sie klänge bereits verrückt genug.

»Mann! Das ist eine *der* einfallsreichsten und phantasievollsten Verwendungen dieser verdammten Maschinen, die ich je gehört habe. Es ist wunderbar, wer immer Sie sind. Ich werde einigen Leuten, die ich kenne, raten, genau das gleiche zu tun.

Hört ihr draußen zu, ihr Nachtohren? Wenn ihr so eine Maschine habt, ich glaube, unserer Anruferin ist eine verdammt gute Idee gekommen. Das ist eine preisgünstige und hilfreiche Methode, wie man sich selbst einen Puff geben kann, wenn man es nötig hat. Ruft euch selbst an und sagt: ›Du bist in Ordnung‹; ›Was du getan hast, war in Ordnung. *Die anderen* hatten unrecht, nicht du.‹«

Dr. Knight wollte nicht aufhören damit, wie schöpferisch und wie nützlich Erins Idee sei. Neun andere Anrufer meldeten sich, um ihm beizupflichten. Zumindest eine Stunde der Radiosendung jener Nacht bestand aus Anrufen, die sich ausführlich darüber ausließen, was man mit seinem Anrufbeantworter anstellen konnte. Und das alles ihretwegen. Sie fühlte sich klug und hilfreich. Und, was noch wichtiger war, sie fühlte, daß ihr Absolution erteilt worden war.

Sie bekam eine Postkarte von einem gesichtslosen modernen Flughafen. Als sie sie umdrehte, trug sie oben die Aufschrift: »Internationaler Flughafen der Republik Saru«. Einen Augenblick lang mußte sie überlegen, was »Saru« war. Während sie nachdachte, wanderten ihre Augen aber die Karte hinunter, und sie erkannte Morton Palms Handschrift.

»Es ist wirklich ein netter Ort, aber das Plaudern mit Dir am Telephon fehlt mir. Es fehlt mir viel, was Dich und mich betrifft.« Es folgte eine Adresse und die (dreimal) unterstrichene Bitte, sie möge schreiben.

Sie machte dem Regisseur der Theatergruppe einen Vorschlag, wie man eine Szene ausspielen könne, die sie probten. Er faßte sie an der Schulter, küßte sie und sagte, das sei das erste kluge Wort, das jemand, ihn selbst eingeschlossen, den ganzen Tag über gesagt hatte.

Wir sind auf eine Glückssträhne so wenig vorbereitet wie auf eine Pechsträhne, die wir immer halb erwarten. Ein paar Wochen lang passierte Erin eine nette Sache nach der anderen, und doch wurde sie darüber nie blasiert – jede einzelne kam als erfreuliche Überraschung.

Sie führte ihr Glück mehr oder weniger auf den Moment zurück, als sie bei der Radiostation angerufen hatte. Sie fragte sich dabei, ob sie irgendwie dafür belohnt wurde, daß sie ihr Geheimnis vom Anrufbeantworter mit der Welt geteilt hatte. Wie viele Menschen in der Stadt fühlten sich wohler mit diesem kleinen Kniff, mehr im Einklang mit sich selbst und ihrem Leben?

Ironischerweise hatte sie die Maschine in letzter Zeit nicht oft für diesen Zweck benutzt, denn sie war mit dem Leben so gut zurechtgekommen. Aber sie wußte, sie war da, wenn und falls sie sie brauchte.

Sie brauchte sie an dem Tag, als sie beinahe vergewaltigt worden wäre. Es regnete, sie wartete in Greenwich Village in einer Hauseinfahrt darauf, daß ein Taxi käme. Plötzlich öffnete sich hinter ihr das Haustor und sie spürte, wie sie gepackt wurde und jemand sie hineinzog. Sie trat um sich und schrie und sah nicht einmal das Gesicht des Mannes, der es mit der Angst zu tun bekam und die Treppe hinauflief.

Erin ging schnurstracks zur Polizei, um den Überfall anzuzeigen. Aber die Polizisten waren offenkundig nicht interessiert an ihrer Geschichte, und nachdem sie pflichtgemäß die Einzelheiten niedergeschrieben hatten, taten sie wenig, um sie zu beruhigen oder zu trösten. Die Schweinehunde! Alle Geschichten, die sie über die zynische Gleichgültigkeit der New Yorker Polizei gehört hatte, trafen zu. Sie hatte nichts getan, war aber überfallen worden. Schlimmer noch, als gute Staatsbürgerin hatte sie die Sache angezeigt, doch war ihr nicht mehr zuteil geworden als der Spruch: »Wir werden uns um die Sache kümmern, meine Dame, aber wir sind hier ziemlich beschäftigt. Ihr Angreifer ist vielleicht jetzt schon in White Plains.«

Sie stürmte aus der Polizeistation und ging in die nächste Telephonzelle, aber ehe sie noch die Tür schließen konnte, mußte sie weinen. Angst und Hilflosigkeit und andere Dinge wirkten zusammen, um ihr Innerstes nach außen zu kehren, und es dauerte lange Zeit, bis sie eine Münze in den Apparat stecken und ihre Nummer wählen konnte.

Sie wartete gar nicht ab, daß die Botschaft endete, als schon aus ihr herausströmte, was ihr in der letzten Stunde zugestoßen war. Während sie redete, grub sie in ihrer Börse nach einer weiteren Münze herum, denn sie wußte, daß es über dieses Verbrechen und die folgenden Ereignisse so viel zu sagen gab, daß sie wegen des verdammten Begrenzungssummens auf dem Band ihres Anrufbeantworters mehrmals würde anrufen müssen.

»– und dann packte mich der Mann am Haar und stieß mich in die Brust –« Es tat wirklich gut, mit jemanden zu reden, der ihr ein aufmerksames Ohr schenken und sie verstehen würde. Wenn sie es Stunden später abspielte, würde sie alle diese entsetzlichen Augenblicke erneut durchleben, aber darum ging es ja – sie würde genau wissen, wie es gewesen war, und würde so für das arme Opfer die mitfühlendste Person auf der Welt sein.

»– ich versuchte ihn wegzustoßen, aber –«

»Wen kümmert das schon?« Ruhig, gelassen, drang ihre Stimme aus dem Hörer.

Sie riß den Telephonhörer vom Ohr weg, dann drückte sie ihn wieder an. »Was hast du gesagt?«

»Ich sagte, wen kümmert das schon? Er hat versucht, dich zu vergewaltigen. Vielleicht wäre das besser gewesen. Vielleicht hättest du ihn lassen sollen.«

»Wer spricht da?«

»Du. Warum fragst du? Du möchtest immer reden, aber es fällt dir nicht ein, daß du es vielleicht nicht hören möchtest. Oder daß nicht dein *ganzes* Du es hören möchte.

Das ist langweilig, Erin. *Du bist* langweilig. Nicht alles an dir, aber das meiste. Jedesmal, wenn du anrufst, geschieht es, um zu jammern und zu weinen.: ›Ich armes kleines Ich!‹ Niemals: ›Geht es dir gut?‹ Oder: ›Ist das Leben nicht herrlich?‹ Denk an all die guten Dinge, die dir in letzter Zeit zugestoßen sind. Hast du je angerufen, um von ihnen zu reden? Um uns zu unserem Glück zu gratulieren? Nicht einmal.

Du bist wie ein Kerl, der sein Mädchen einmal im Monat anruft, damit er sie ficken und dann für weitere dreißig Tage vergessen kann.

Es ist unhöflich und ganz und gar selbstsüchtig. Kein Wunder, daß Morton sich in die Wüste abgesetzt hat. Vielleicht *hättest* du den Kerl heute über dich lassen sollen. Dann hättest du eine Vorstellung, wie man sich fühlt, wenn man benutzt wird.

Mach dir nicht die Mühe, weiter anzurufen – es wird niemand daheim sein. Du verdienst keinen 24-Stunden-Zuhörer für dein armseliges kleines Leben.«

Die Leitung war tot. Sie blickte auf den Hörer, eine weitere Münze in der Hand, aber sie fürchtete sich zu sehr, als daß sie sie eingeworfen hätte. Was, wenn sich nach dem Wählen niemand meldete? Was, wenn sich nach dem Wählen jemand *meldete*?

Florian

»Sie hatten das schönste Kind auf der Welt. Schon das Baby im Kinderwagen starrten die Passanten verzückt an und gerieten ganz aus dem Häuschen. Die Eltern setzten ein hilfloses Gesicht auf, der diesen Zufallsbekanntschaften verriet, daß sie es ebenfalls nicht verstehen konnten: Gewiß, dies war ihr Kind, aber seine außerordentliche ätherische Schönheit war für sie ebenso unfaßbar wie für die beeindruckten Beobachter. Die Tibetaner leben mit dem Himalaya im Hinterhof, aber das ist nicht ihr Verdienst; sie dürfen sich bloß glücklich preisen, diese Aussicht zu haben.

Der Vater suchte die Spielzeugläden nach Dingen ab, die der Aufmerksamkeit des Kindes würdig wären: Puppen, die vier Sprachen sprachen und auf Fragen antworteten, Bälle, die kamen, wenn man sie beim Namen rief, Zeichenstifte, die sich nie abnutzten. Er kaufte ihm eine Katze namens Fib, die so geschickt und unterhaltsam log, daß keiner von ihnen je wußte, wann sie die Wahrheit sprach, was sie jedoch nicht weiter kümmerte.

Sie lebten in einer kleinen Wohnung nahe einer Eisenbahnstation auf dem Land. Beide Eltern arbeiteten auf der Station. Der Vater verkaufte Zigaretten und Zeitschriften im Tabakladen. Die Mutter eilte in in ihrer Kellnerinnenschürze von Tisch zu Tisch und servierte den Eisenbahnarbeitern Tee in Tassen, so groß und so heiß, daß man über dem Dampf alle verschlossenen Umschläge der Welt hätte öffnen können. Geplagte Reisende, die nicht wußten, wie glücklich sie sich schätzen durften, hier zu sein, stellten endlose Fragen über den nächsten abgehenden Zug, wieviel der Kaffee kostete und wem das Kind gehörte, das manchmal, wenn ihm langweilig war, in seinem papageiblauen Flugzeug durch den Raum flog.

Lokomotiven lehrten es die Geheimnisse des Eisens und wie man mit Anmut sein Tempo verlangsamt. Das Kind sah ihnen aufmerksam zu und war beeindruckt von ihrem Vermögen, zweihundertfünfzig Waggons zu ziehen und fünf Kilometer weiter die Bahnschranken niedergehen zu lassen.

In Wahrheit ist auf Erden kein Platz für solch ein Kind. Sein Name war Florian.«

Seine Frau trat in das Zimmer und wartete ab, bis er zu schreiben aufgehört hatte.

»Sein Fieber ist nicht mehr gestiegen.«

Der Mann blickte auf den Namen seines Sohnes – *Florian* –, der mit Schreibmaschine auf dem Blatt Papier vor ihm geschrieben stand. Er schloß die Augen, denn er wußte, daß es keine Hoffnung gab. In der Welt gab es nur wenig Magie. Niemals so viel, daß es reichte, bei weitem nicht so viel, um ein im Sterben liegendes Kind durchs Schreiben wieder ins Leben zurückzurufen.

Wie der magische Junge in der Geschichte hatte sein eigener Sohn das Kleinkindalter überstanden, ohne von den kleinen, infamen Fingern der Kinderkrankheit berührt zu werden: Mumps, Masern, Windpocken. Die Eltern hielten das für eine kleine Glückssträhne, aber nichts weiter. Sie nahmen an, er würde sie sich früher oder später holen und davonkommen, mit nichts anderem als einem Gesicht voller kleiner Pusteln, eine Woche lang. Er würde wachsen und ein Zweirad zu verwegen fahren und stürzen, sich den Arm brechen. Eine echte Verletzung – ein Gipsverband oder zwei, um den Übergang von drei Rädern auf zwei zu markieren. Oder er würde beim Klettern vom Baum fallen und sich eine tiefe, kleine, lebenslange Narbe auf seinem Kinn, seinem Knie holen.

Aber es war eine Lungenentzündung: Ein herbstliches Husten wurde schleimig und tief. Fieber, so heiß, um die Fingerspitzen zurückschrecken zu lassen. Ein Sauerstoffzelt – ein komischer, monströser Vetter des Dinges, in dem man im Kühlraum Karotten aufbewahrt.

Seine Bücher lagen ungelesen auf seinem Schoß. Glückliche Stofftiere neben seinen heißen, unbeweglichen Händen im Sauerstoffzelt. Flecken und Tropfen strahlender Farbe innerhalb der durchsichtigen, aseptischen Hülle, die ihn umgeben würde, bis er starb.

Das Kind blickte seine Eltern mit den mitleidvollen, zeitlosen Augen desjenigen an, der das Unmögliche gesehen hat und für einen kurzen Augenblick zurückgekehrt ist – den Blick von Kriegsverletzten, Hundertjährigen, Sterbenden. Er wünschte sich nie etwas – keinen gekühlten Saft, keine Geschichte zum Vorlesen, nicht, daß man ihm die Hände hielt. Das trieb sie zur Verzweiflung, denn es machte ihnen immer wieder klar, daß sie nichts tun konnten, führte dazu, daß sie sich selbst und einander haßten. Es fällt leicht, das zu verstehen.

»Schreib eine Geschichte für ihn! Du bist der berühmte Autor.

Du könntest es tun, nicht wahr?« Ihre Augen klagten ihn an, für alles, für nichts. Sie hatte jedoch recht: Er konnte für seinen Sohn eine Geschichte schreiben.

Sie wohnten weit draußen auf dem Land in Österreich, in der Nähe einer Eisenbahnhaltestelle, wo täglich zwei winzige Züge auf ihrem Dahinkriechen von und nach Wien für ein paar Minuten hielten. Er hatte sich immer gewünscht, in der Nähe einer Haltestelle zu wohnen. Der Erfolg seines Buches ermöglichte es ihm plötzlich, sich ein Haus wie *Hänsel und Gretel* zu kaufen, mit niedrigen gewölbten Decken, Bauernstubenmöbeln und dem grob, aber sauber über der Eingangstür gemalten »1849«. Und, am allerbesten, eine unbehinderte Aussicht über einen Flecken junger Tannen auf die Haltestelle. Es befriedigte ihn zu wissen, daß sein Sohn eines Tages die Wahl hätte, die Bäume um der Aussicht willen zu fällen, oder sie zu seinem eigenen kleinen Wald heranwachsen zu lassen.

Das Kind starb jedoch, ehe der Mann seine Geschichte beendet hatte. Die Finger bewegten sich nicht, der Atem beschloß eines Tages, einfach stillzustehen, statt sich durch die heiße, müde Brust hindurchzukämpfen.

»Als Florian fünf war, nahm ihn der Vater eines Sonntags nach Wien in den Prater mit. Der Junge wollte die Trossen des Riesenrads hinaufklettern und über die Stadt hinwegsehen, die ihm eines Tages gehören würde. Sein Vater verbot es ihm jedoch. Statt dessen bezahlten sie den Eintritt und fuhren in dem Wagen empor, wie es sich gehörte. Der Junge langweilte sich. Als sich der Vater umdrehte, um das Wunder des Wienerwalds zu betrachten, stieß Florian ein Fenster auf und kletterte in den freien Raum hinaus, begrenzt nur von den taubengrauen Spieren und den Stahltrossen, die das Riesenrad zusammenhielten. Als sich der Vater wieder umwandte, überraschte es ihn keineswegs, daß der Junge nicht mehr da war. Es gibt kein Mittel, wie man den Blitz in der Faust oder an der Leine festhält.«

Er las diese Stelle laut seiner Frau vor und legte das Blatt dann weg, um seinen Tee zu trinken. Ihr Haar hatte die Farbe von Tee –, von altem Tee, jetzt, da der Junge fort war, mehr braun als das warme Herbstrot, das es gehabt hatte, als das Kind noch am Leben war.

»Warum liest du mir das immer wieder vor? Merkst du denn

nicht, wie weh es tut! Es war *seine* Geschichte. Jetzt ist er tot! Warum hörst du nicht auf und schreibst um Gottes willen etwas anderes? Jetzt braucht er keine Geschichten mehr. Jedesmal, wenn du nur ›Florian‹ sagst, zerreißt es mir das Herz.«

»Aber es *ist* Florian, siehst du das nicht ein? Da ich die Geschichte anfing, als er noch am Leben war, lebt er gewissermaßen noch immer weiter, wenn ich sie fortsetze.«

»Ach, wirklich? Wo?« Die Worte bildeten auf ihren Lippen einen bissigen Schaum. »Ich höre ihn nicht, du etwa? Sein Spielzeug ist nicht über den Fußboden verstreut. Es ist in einer *Kiste* im Keller. Seine Kleider werden niemals mehr schmutzig, ist dir das nicht aufgefallen?« Sie stand auf und verließ fluchtartig das Zimmer. Der Schmerz des Verlustes ließ sie wünschen, sie wäre tot, er wäre tot, alle wären tot.

Der Mann zog den Mantel an und ging in die Frühlingsnacht hinaus. Das Wetter war seit drei Tagen sehr schön; eine seltene Wärme zu einer Jahreszeit, da es gewöhnlich weitaus grauer und kälter war.

Das Glitzern der Sterne in der ländlichen Nacht rief in ihm ein Gefühl von Leere und Verlassenheit hervor. Seine Frau wollte keine Kinder mehr. Das einzige, wozu er Lust hatte, war, eine Geschichte für seinen toten Sohn zu schreiben.

Er ging auf seine Bäume zu – dunkle, kurze Schatten auf der mondblauen Erde. Ein einsamer Hund bellte im Dorf, ein Wagen fuhr in der Nacht davon.

Eine Nacht voll geheimer Geschenke für ihn: der Geruch taubedeckter Tannen, Sternschnuppen, Tierlaute ... Aber er stand hier allzu allein da und fürchtete sich, sie anzunehmen. Er war zu jung und zu erfolgreich, um an seinen eigenen Tod zu denken. Die Waagschale hatte sich jedoch geneigt, und er empfand kein Verlangen, das Gewicht zu tragen, das ihm auferlegt worden war. Sein Sohn war tot, seine Frau hatte sich in ihrem Schmerz eingekapselt.

Die Tür ging auf und sein Sohn kam herein, zum Schlafengehen gekleidet.

»Va-ti, ich habe dir ein Geschenk gebracht.«

Er ließ die Feder sinken und blickte auf die kleinere Ausgabe des Kindes, über das er in seiner Geschichte geschrieben hatte.

»Mami sagt, daß du arbeitest, aber ich bringe dir ein Geschenk.«

Der Junge, dessen Haar kürzlich zu einer sommerlichen Mönchstonsur geschnitten worden war, überreichte dem Mann eine schiefe *Lego*-Konstruktion.

»Ein Flugzeug, Vaa-ti. Ich zeige es dir.« Er stellte es auf den Schreibtisch seines Vaters und schob es hin und her, wobei er die Geräusche machte, die für einen Vierjährigen Flugzeuglärm bedeuten. Er ließ es über die Blätter hin und her laufen, die der Mann bereits getippt hatte, über den leeren Aschenbecher und eine nicht angebrochene Zigarettenpackung.

Seine Frau rief aus dem Nebenzimmer und ermahnte den kleinen Jungen, daß der Vater arbeite und er schnell zurückkommen solle – *sonst*!

Das Kind blickte seinen Vater trotzig an und rannte aus dem Zimmer, als Sieger.

Im Nachbarraum lief der Fernsehapparat. Er hörte das Gemurmel deutscher Stimmen, das Umhertollen des Kindes, dann die Schritte seiner Frau, jetzt viel schwerer und langsamer, da sie sich dem Ende ihrer Schwangerschaft näherte.

Wie immer hatte er ihr die im Entstehen begriffene Geschichte vorgelesen. Sie machte gute und nützliche Vorschläge, aber er fragte sich, was sie wirklich von ihr hielt. Wie konnte sie es ertragen, auch nur von dem erdichteten Tod ihres geliebten Sohnes zu hören, von der Bitterkeit und dem näher rückenden Wahnsinn, das Los, das er ihr in dieser seltsamen, in letzter Hinsicht unnötigen Geschichte zugeteilt hatte?

Vor einigen Tagen hatte er den Jungen in den Park mitgenommen, damit er im Sandkasten spiele. Es war knapp nach dem Mittagessen, und es waren keine anderen Kinder dort. Der Junge, behend und furchtlos, sprang auf die Gitterstäbe und kletterte auf dem roten Eisengitter herum. Er sang dabei. Während er dem Sohn beim Spielen zusah, fiel dem Mann eine Zeile ein: »Sie hatten das schönste Kind auf der Welt.« Sie flog ihm aus dem Nichts zu, aber sie gefiel ihm, und er ließ sie im Geiste hin und her rollen wie eine Murmel auf der Handfläche.

Viertel nach dir

Es begann gewissermaßen in aller Unschuld. Sie liebten einander. Sie wollten miteinander alt werden, und das ist ja der einzige wahre Beweis für große Liebe. Aber seit neuestem gab es etwas, einen großen Schmutzflecken auf ihren sonst sauberen Brillengläsern: Sex. Das hatte immer gut zwischen ihnen geklappt und es *gab* Zeiten, da genossen sie einander. Wenn man aber mit einem anderen Menschen tausend Nächte schläft, so vergeht unter der Berührung von vertrauten Fingern etwas von der Leuchtkraft des Sex.

Eines Nachts, als sie sich bemühten, einen gemeinsamen Rhythmus zu finden, sagte sie zufällig etwas, das ihn zum Lächeln brachte und worüber er später reden wollte.

»Tu das nicht!«

Er hatte nichts Neues oder Ausgefallenes getan, daher nahm er an, daß sie sich in ihrer Phantasie eine unanständige Szene mit einem anderen ausgemalt hatte! Dieser Gedanke erregte ihn, vor allem deshalb, weil auch er phantasiert hatte; oft genug, um zu wissen, daß es dem Rezept eine dunkle, pikante, würzige Sauce hinzufügen konnte.

Später, in der blauen Dämmerung, berührte er ihre Hand und fragte sie danach.

»Ich schäme mich.« Aber dann kicherte sie – womit sie verriet, daß sie bereit war, darüber zu reden.

»Los, schäm dich nicht. Ich habe es auch getan, kann ich dir versichern. Es ist doch nur eine weitere Möglichkeit.«

»Versprichst du mir, daß du es nicht falsch auffassen wirst?«

»Versprech' ich.«

»Gut, aber es ist mir wirklich peinlich.«

Er drückte ihre Hand, er wußte, daß er nichts sagen durfte, sonst hätte sie sofort aufgehört zu reden.

»Also gut, es ist *niemand* bestimmtes. Bloß dieser Mann. Es ist eine Wunschvorstellung. Ich sehe ihn in der Untergrundbahn und kann den Blick nicht von ihm wenden.«

»Wie ist er angezogen?«

»Genauso, wie ich es liebe – Sakko und Krawatte, vielleicht ein hübscher Anzug. Aber er trägt auch diese weißen Tennisschuhe, was überhaupt nicht zu dem übrigen paßt. Das ist ein leises Zeichen für Humor, das besagt, daß er anzieht, was er möchte, und sich keinen Pfifferling darum schert, was andere davon halten.«

»Gut. Und was passiert dann?«

Sie holte tief Luft und stieß sie langsam aus, ehe sie weitersprach. »Ich sehe ihn und kann, wie gesagt, den Blick nicht von ihm wenden. Er sieht sexy aus, und das spielt mit herein, aber es gibt auch anderes, was ihn von anderen unterscheidet.

Diese grauen Augen, wie bei einem Franzosen. Und er trägt ein Buch, das ich schon seit langem lesen will. Schließlich sieht er mich an, und ich bin ganz hingerissen. Am schönsten ist, daß er keineswegs meine Figur mustert oder so was. Er sieht mich bloß an, und ich weiß, daß er interessiert ist. Das gefällt mir – er mustert mich nicht, als wäre ich ein neuer Wagen im Ausstellungsraum.«

Ihre Geschichte geht weit mehr in Einzelheiten, als er vermutet hätte. In seinen eigenen Phantasievorstellungen macht er Kellnerinnen in hochhackigen Schuhen oder Verkäuferinnen mit dicken Lippen schöne Augen. Man einigt sich. Sie gehen in ihre Wohnung (bequemerweise lebt »sie«, wer immer sie ist, stets allein). Sobald sie dort sind, widmen sie sich der Sache mit Begeisterung und Neugier.

Ein Augenblick verstreicht, ehe er merkt, daß sie wieder zu sprechen begonnen hat.

»...folgt mir, wenn ich aus der Untergrundbahn steige. Zu wissen, daß er hinter mir ist, erregt mich unglaublich. Ich weiß, was geschehen wird, und ich weiß, daß ich es tun werde, komme, was wolle.«

Sie fährt fort und liefert mir die eingehendsten, liebevollsten Einzelheiten. Sie und der Mann in weißen Tennisschuhen sprechen nie miteinander, kein einziges Mal. Sobald die Sache zu heftig wird, machen sie langsamer, bis ihre Bewegungen wirken, als fänden sie unter Wasser statt.

Das einzige, was je gesprochen wird, ist ihr Ausruf: »Tu das nicht!«, sobald es wirklich passiert, und sie hat ein paar Schuldgefühle. Aber diese Regung vergeht schnell, denn dieses Erlebnis ist zu selten und zu extrem, um an Schuld zu denken.

Als sie alles erzählt hat, tritt ein Schweigen zwischen sie, so dicht, daß man es schneiden könnte. Sie murmelt etwas davon, daß es keine sehr originelle Wunschvorstellung wäre.

»Sag das nicht! Setz es nicht herab! Was machst du dir Gedanken, wenn es dich erregt? Was spielt es für eine Rolle, wie originell es ist? Ich wette, dreiviertel der sexuellen Wunschvorstellungen aller Menschen handeln davon, daß sie entweder jemanden nehmen oder genommen werden.

Wie heißt er?«

»Wer? Der Kerl? Keine Ahnung – er sagt es mir nie.«

»Und wie *möchtest* du, daß er heißt?«

»Ich habe nie darüber nachgedacht. Was für eine komische Frage.«

Er ging in die Küche, um Wein zu holen. Als er zurückkehrte, brannte das Nachttischlämpchen auf ihrer Seite des Bettes und sie saß mit angezogenen Knien da, die Arme um die Beine geschlungen.

»Peter Copeland.« Sie lächelte ihm zu und zuckte die Achseln, als schämte sie sich ein wenig.

»Peter Copeland? Das klingt nach einem, der in Harvard war.«

Sie zuckte mit den Schultern. »Keine Ahnung. Es klingt wie der Name, der zu ihm paßt.«

»Ist es jedesmal die gleiche Wunschvorstellung? Erfindest du je andere von ihm?«

Sie nippte an ihrem Wein und dachte darüber nach. Es schien ihr nichts auszumachen, über Peter Copeland zu reden, nun, da es heraus war und er einen Namen hatte.

»Gewöhnlich dieselbe – die Untergrundbahn, was er trägt ... wie er mir folgt. Das genügt.«

Dieser Ausdruck traf ihn hart. Er hatte so viele verschiedene Träume mit so vielen verschiedenen Gesichtern und Schauplätzen geträumt. »Das genügt.« Er war eifersüchtig auf sie und ihren Peter Copeland, die aneinander und an ihrem schweigenden, wechselseitigen Fieber genug hatten.

Am nächsten Tag, auf dem Weg zur Arbeit, blieb er mitten auf der Straße stehen und begann zu lächeln. In einer Blumenhandlung kaufte er zehn Tulpen, ihre Lieblingsblumen, und ließ sie ihr in die Wohnung schicken. Auf das Begleitkärtchen schrieb er: »Ich hoffe, Du magst Tulpen. Sie sind meine Lieblingsblumen. Danke, daß Du gestern den Kometen am nächtlichen Himmel hast aufgehen lassen, Peter.«

Und in jener Nacht machte er im Bett alles anders. Im Dunkeln wurde er zu einem völlig anderen Menschen. Sie konnte ihn nicht sehen, daher hätte er jeder x-beliebige sein können. Er wollte Peter Copeland sein, wußte aber nicht, wie er es anstellen sollte.

Gewöhnlich sprachen sie miteinander, aber in dieser halben Stunde, in der sie einander besaßen, sagte er kein Wort. Von Anfang an verstand sie es und ging eifrig darauf ein. Wann immer sie auf etwas Vertrautes zusegelten, etwas Gemeinsames aus den Jahren zusammen, lotste er sie daran vorbei. Dann ergriff sie die Initiative und war stark oder passiv, wenn er es am wenigsten erwartete. Es war besser als erwartet, und wieder wurde er auf Peter Copeland eifersüchtig. Kein Fremder, wie wunderbar auch immer, verdiente, was sie ihm jetzt bot. Das einzige, was er *seinen* Traumgeliebten je gegeben hatte, war anonym und wenig bemerkenswert.

Als sie am Schluß wiederum sagte: »Tu das nicht!«, fand er es aufregend, daß sie es gleichzeitig zu ihm und zu jemand anderem sagte. Einen Augenblick später wünschte er sich, sie würde es nur zu ihm sagen.

Am nächsten Tag kaufte er das Buch, das sie hatte lesen wollen. In den Band schrieb er: »Ich glaube, das wird dir gefallen, Peter.« Sie entdeckte es unter ihrem Kopfkissen. Sie setzte sich auf das Bett und hielt es auf ihrem Schoß, beide Hände auf dem Buch, sie war sehr still. Was machte er? Gefiel es ihr?

Ihre Vielseitigkeit und ihre Bereitwilligkeit, in so viele neue Richtungen aufzubrechen, beeindruckte und erschreckte sie sogar ein bißchen. Beide fragten sich, für wen sie das taten – für sich selbst oder für den anderen? Plötzlich war Peter Copeland in ihrem Leben so wirklich geworden. Und doch hätte es zwei völlig verschiedene Bilder gegeben, wären sie beide fähig gewesen, ein Porträt von ihm zu zeichnen.

In jener Woche wurden ihre Nächte zu langen, erschöpfenden Experimenten. Er konnte sie nicht fragen, was sie gerne hatte, denn es mußte alles schweigend geschehen, nur durch Berührung und Bewegung durfte gesprochen werden. Jeden Abend waren sie aufgeregt und schauten gegen acht auf die Uhr. Was auch immer sie vor diesem Zeitpunkt taten, war unwichtig, und sie vergaßen es. Bald würden sie in ihre neue zweite Haut schlüpfen, und was immer vom Tag übrig war, würde sich verbergen, weil es sie nicht kannte.

Am Donnerstag ging sie spazieren und beschloß, ihm ein Geschenk zu kaufen. In einem Laden breitete ein Verkäufer wunderschöne Cashmere-Pullover auf dem gläsernen Tresen aus. Lilafarbene, beigefarbene, schwarze. Sie konnte sich nicht entscheiden. Erst nachdem sie den Laden verlassen hatte, wurde ihr klar, daß sie einen gewählt hatte, der Copeland besser stehen würde als ihrem Mann. Das erstaunte sie, aber sie versuchte nicht, den Pullover umzutauschen. Sie würde ihm einfach nichts davon sagen.

Im Büro bemerkte er, daß er bei der Verkaufsbesprechung den Namen *Peter Copeland* dreimal auf den vor ihm liegenden Notizblock geschrieben hatte. Ihm war nicht einmal bewußt gewesen, daß er es getan hatte. Jedesmal war die Handschrift ganz anders; es war, als hätte er versucht, die Unterschrift des anderen eher zu fälschen als zu erfinden.

»Was gibt es zum Abendessen?«

»Dein Lieblingsgericht – Chili.«

Er mag Chili überhaupt nicht.

Es gab kein Chili – das war ein kleiner Scherz von ihr gewesen –, aber die Tulpen, die er geschickt hatte, standen in einer neuen schwarz-gelben Vase auf dem Eßtisch zwischen ihnen. Sie wirkten, als wäre ein Dritter anwesend. Er hatte ihr davon berichten wollen, daß er Copelands Namen während der Besprechung geschrieben hatte, aber im Augenblick reichten die wichtigen Blumen für die Anwesenheit des anderen.

Er schaute die Blumen wieder an und merkte, daß er nicht auf die schaute, die er gekauft hatte: jene waren rosa, diese sind tiefrot. Wo hatte sie die seinen hingetan?

»Es ist wieder Tulpenzeit, wie?«

Sie lächelte und nickte.

»Neulich sah ich ein paar prächtige rosarote. Ich wußte, ich hätte sie für dich kaufen sollen. Jemand ist mir da zuvorgekommen, nicht wahr?«

Sie lächelte immer noch. Es besagte nichts anderes als einen Augenblick zuvor. Oder hatte es einen leisen Hauch von Mitleid?

Er rasierte sich gern vor dem Schlafengehen – eine persönliche Marotte. Als er vor dem Badezimmerspiegel stand und die letzten Schaumreste abscherte, deutete er plötzlich mit der Rasierklinge auf den Spiegel.

»Mir ist zu Ohren gekommen, was ihr beide treibt. Bilde dir bloß nicht ein, ich weiß es nicht, du Schuft!«

»Sprichst du mit mir?« Sie rief aus dem Schlafzimmer.

»Nein, mit Peter Copeland.«

Er lächelte sein eigentümliches, unheimliches Lächeln, als sie nichts *darauf* sagte.

Als sie ihm mit den Fingern leicht über das Gesicht fuhr, fiel ihm ein, wie er den Bann brechen konnte. Er schob ihre Hand von sich, ergriff die Initiative und begann sie viel zu grob anzufassen, tat ihr weh. Zu seiner Überraschung zuckte und drehte sie sich, sagte aber kein Wort. Jetzt ging alles schweigend vor sich. Irgendwann in den letzten Tagen hatten sie sich beide darauf verständigt. Aber warum protestierte sie nicht? Warum sagte sie ihm nicht, er solle aufhören? Mochte sie es? Wie konnte sie? Sie hatte unzählige Male gesagt, daß ihr unverständlich war, wie man es mögen konnte, einander im Bett weh zu tun. Oder war Copeland alles gestattet? Schlimmer noch, war der Schmerz, den er ihr bereitete, für sie angenehm? Das war verrückt. Das hatte zu bedeuten, daß er, ihr Ehemann, gar nichts von ihr wußte. Dieser Gedanke ließ ihn schneller atmen, erschreckte ihn zutiefst. Welche Teile seiner Frau kannte er wirklich? Was hatte sie die ganze Zeit noch vor ihm zurückgehalten?

Er begann, ihr brutale, schmutzige Dinge zu sagen. Das war etwas, was sie beide nicht mochten. Ihre Liebessprache untereinander war immer lustig und liebevoll und zärtlich.

»Hör auf!« Es war das erste Mal, daß sie gesprochen hatte. Sie blickte ihn direkt an, echte Beunruhigung in ihrer Miene.

»Warum? Ich tue, was ich möchte.«

Er hörte nicht auf zu reden. Berührte sie zu grob, redete, zerstörte alles. Er erzählte ihr, wo er arbeitete, wieviel er verdiente, welche Hobbys er hatte. Wollte sie nicht mehr über ihren geheimnisvollen Mann wissen? Er erzählte ihr, welches College er besucht hatte, wo er aufgewachsen war, wie er seine Eier am liebsten mochte.

Bald weinte sie und bewegte sich überhaupt nicht mehr. Er war gerade dabei, ihr zu erzählen, warum er wegen seines Fußpilzes weiße Turnschuhe tragen mußte...

Mein Zündel

Meine Freundin Sarah ist ein Schatz. Als alle anderen noch immer in fremden und eigenen Betten herumturnten, kaufte sie bereits Aktien von Firmen, die sich mit Gentechnik beschäftigten, und von Daimler-Benz.

»Mit dem Sex geht es zu Ende, Frank. Furcht und Prestige sind demnächst dran. Früher oder später findet einer dieser Genespalter ein Heilmittel für *Aids* und Herpes, aber solange der Beischlaf gefährlich *ist*, ist es das Nächstbeste, einen Mercedes zu fahren. Du wirst sehen.« Ich folgte ihrem Ratschlag und habe es nie bereut.

Sie hatte recht damit, wie mit so vielen anderen Dingen. Als sie erklärte, sie hätte die Chance, ein Lagerhaus voll häßlicher Naugahyde-Möbeln aus den fünfziger Jahren zu erwerben, schloß ich die Augen und gab ihr einen Scheck. Ein paar Monate später verkauften wir die Chose für einen Haufen Geld an *Edsel*, eine Diskothek in der Stadt.

Vor ein paar Jahren hatten wir ein Verhältnis, aber wir stellten sehr rasch fest, daß wir am Telephon oder bei einem guten Essen besser miteinander auskamen als Nase an Nase in der Dunkelheit der Nacht. Da wir klug genug waren aufzuhören, solange wir einander noch mochten, sind wir seitdem immer gute Freunde geblieben. Wir haben eine stillschweigende Übereinkunft, daß wir jederzeit anrufen oder vorbeischauen können, um unsere Sorgen loszuwerden, sich mit Erfolgen zu brüsten oder sich auszuweinen, und der andere ist zur Stelle, um nach besten Kräften zu helfen.

Vor ein paar Monaten rief mich Sarah an und sagte, sie hätte vor, sich einen Hund zu kaufen. Ich war überrascht, da sie nie hatte erkennen lassen, daß sie Tiere mochte, außerdem hatte sie eine von den Wohnungen, die immer so sauber waren, daß man auf dem Wohnzimmerteppich eine Gehirnoperation hätte durchführen können. »Wie das?«

»Ich hab' ein Buch über Streß gelesen. Dort heißt es, um einem Herzanfall vorzubeugen, solle man sich für dreierlei interessieren: Leute, Haustiere und Pflanzen.«

»Warum kaufst du dir dann nicht einfach einen Kaktus? Die muß man nicht einmal gießen?«

»Ich würde mir dumm vorkommen, wenn ich zu einer Pflanze spräche. Nein, unlängst sah ich ein Photo dieses Hundes in einer

Zeitschrift und habe mich auf der Stelle in ihn verliebt. Diese Rasse ist das Großartigste, was dein Auge je erblickt hat.«

»Welche Hunderasse?«

»Ein Zündel.«

»Ein was?«

»Das ist eine seltene Züchtung aus Österreich. Sie sehen genauso aus wie der Bremswagen eines Güterzugs.«

»Wieviel kosten sie?«

»Tausend Dollar.«

»*Was?*«

»Kommst du mit und hilfst mir beim Aussuchen?«

»Ich komme und werde es dir ausreden.«

Wir trafen uns und nahmen einen Zug zur Spitze von Long Island. An der Station Montauk holte uns ein rundlicher Glatzkopf namens Otto Kak ab und fuhr uns zu seinem Haus. Während der gesamten Fahrt redete er von Zündeln. Wie klug sie waren, wie sie von selbst stubenrein wurden, niemals bellten ... Ich schüttelte den Kopf und schaute die ganze Zeit zum Fenster hinaus. Ich hatte keine Geduld mit Tieren, nicht einmal mit denen anderer. Sie schienen sich immer zu häuten, einem unter die Füße zu geraten oder krank zu sein. Ich konnte verstehen, warum alte Leute sie mochten. Eines Tages, wenn ich achtzig und einsam war, würde ich vielleicht ins Tierheim gehen und einen Hund mit nach Hause nehmen, damit ich Gesellschaft hätte und jemanden, den ich herumkommandieren konnte. Bis dahin jedoch würde ich ihre Scheiße an meiner Schuhsohle finden oder sie draußen auf der Straße hören, wenn sie mich um drei Uhr morgens wach bellten, und froh sein, daß sie woanders wohnten.

Kaks Haus sah aus, als stünde es auf der Platte einer elektrischen Modelleisenbahn: klein, perfekt instandgehalten, sonnig. Als wir in die Einfahrt bogen, öffnete sich die Tür, und seine Frau trat heraus. Ihr folgten drei Hunde, die zum Wagen gerannt kamen. Sie sahen nicht wie Bremswagen aus, waren aber eigenartig quadratisch, rundum *festgefügt*. Fest war das richtige Wort für sie. Man stelle sich einen altmodischen amerikanischen Briefkasten vor, bedeckt mit kurzem rötlichen Fell, und man erhält eine Vorstellung von einem Zündel. Ungefähr so groß wie ein kleiner Spürhund, hatten sie Schlappohren und dunkle sanfte Augen, die freundlich und intelligent blickten. Ganz nette Hunde, aber tausend Dollar?

Wir stiegen aus und beugten uns zu ihnen hinab, um sie zu streicheln. Da ich neben Sarah kniete, konnte ich ihr heimlich zuflüstern: »Sie sind niedlich, aber warum kosten sie so viel?«

»Weil es von ihnen nur rund tausend auf der Welt gibt.«

»Ist das eine Geldanlage?«

Sie blickte mich an und rollte mit den Augen. »Nein, Frank. Ich *mag* sie. Ist das erlaubt?«

Gekränkt hielt ich den Mund und streichelte den nächsten Hund. Er leckte meine Hand. Seine Zunge war zitronengelb.

»He, sieh dir das an!«

Herr Kak sagte: »Diese Zunge bringt sie in Schwierigkeiten! Sie ist der Grund, warum es jetzt so wenige von ihnen gibt.«

»Wie das?«

»Der Zündel wurde ursprünglich in Österreich von einem Grafen Martin von Niegel für die Jagd auf Werwölfe gezüchtet.«

»Werwölfe?« Jetzt war ich an der Reihe, mit den Augen zu rollen.

»Ja. Es heißt, daß von Niegel ein wohlhabender Gutsbesitzer und ein ernsthafter Forscher der Alchimie war. Er muß wirklich einiges losgehabt haben, denn es geht das Gerücht, daß Goethes *Faust* auf ihm basiert. Wie auch immer, er muß sich tief in etwas verstrickt haben, dunkle Mächte oder dergleichen, denn er gab einen großen Teil seines Vermögens dafür aus, einen Hund zu züchten, der Werwölfe entdecken konnte, bevor sie zuschlugen. Das ist eine Tatsache – man kann es in seiner Biographie nachlesen.«

»Vielleicht war er bloß nicht ganz bei Trost.«

Sarah warf mir einen bösen Blick zu – sie wollte die Geschichte hören, wenn sie schon einen der Hunde kaufte.

»Vielleicht, jedenfalls ist dabei schließlich eine ganz besondere Art von Hund herausgekommen, wie Sie sich selbst überzeugen können.«

»Was passiert, wenn der Hund einen Werwolf entdeckt?«

Kak lächelte. »Die Augen nehmen dieselbe Farbe wie die Zunge an, sobald es den feinsten Körperkontakt zwischen Hund und Werwolf gibt. Das geschieht jedoch erst, sobald der Hund sechs Monate alt ist. Vorher ist er bloß ein normaler Hund wie alle anderen.«

»Was passiert, wenn er den – eh – Feind aufgespürt hat?«

»Nichts. Er zeigt ihnen bloß an, daß er da ist. Alles übrige bleibt Ihnen überlassen.«

»Haben Sie je damit Erfahrungen gesammelt, Mr. Kak?«

»Nein, keineswegs. Vielleicht gibt es bloß in Montauk nicht sehr viele Werwölfe, eh?« Er lächelte einen Augenblick lang, dann gab er es auf. »Aber ich erzähle Ihnen etwas Interessantes, und diese Geschichte *ist* wahr. Gegen Ende des Zweiten Weltkrieges sandte Hitler bei einem letzten Versuch, die Alliierten aufzuhalten, eine Eliteeinheit aus. Diese Leute wurden ›Werwölfe‹ genannt und waren angeblich die ausdauerndsten Kämpfer, die es je gab. So etwas wie die L.U.R.P.s in Vietnam, verstehen Sie? Jedenfalls haben diese Kerle in Österreich ganze Arbeit geleistet. Eine ihre ersten Aktionen war, daß sie zu den Überresten von Niegels Gut gingen und jeden Zündel töteten, den sie finden konnten. Das ist dokumentarisch belegt. Darum gibt es jetzt so wenige. Zum Glück war eine Anzahl von ihnen vor dem Krieg hierhergebracht worden, daher überlebte die Züchtung, wenn auch nur mit knapper Not. Die Frage ist, warum machten sich die Kerle die Mühe, einen Haufen Hunde umzubringen, wenn an der Geschichte nicht zumindest ein Körnchen Wahrheit wäre?«

Natürlich kaufte Sarah einen. Sie war so entzückt von dem Thema »Werwolfjäger«, daß ich glaube, sie hätte notfalls auch zweitausend Dollar ausgegeben.

Ich muß jedoch zugeben, daß »Mailbox« (ihr gefiel mein Bild, und sie gab ihm diesen Namen) sich als ein so netter Hund erwies, wie man ihn nur finden konnte. Er schlief lange, pißte beinahe nie ins Haus (obwohl er nur ein paar Monate alt war) und liebte es, bei einem, aber nicht auf einem zu sitzen. Nach ein paar Wochen sagte ich ihr schüchtern, daß ich ihn ebenfalls mochte.

»Das trifft sich gut, denn ich glaube, daß du mir einen großen Gefallen tun mußt, Frank. Es sieht so aus, als müßte ich bald für zwei Monate nach Hongkong reisen. Das Gebäude für das Wakoski-Institut wird nun doch errichtet, und man möchte mich bei der Planung dabeihaben. Was zu bedeuten hat, daß ich Mailbox entweder in ein Hundeheim geben oder bei dir lassen muß.«

»Gib ihn zu mir. Ich glaube, ich halte ihn einige Wochen lang aus.«

»Das ist der springende Punkt, Frank. Es handelt sich nicht um ein paar Wochen. Es handelt sich eher um ein paar Monate.«

»In Ordnung. Ich bin dir ohnehin eine Menge schuldig. Ich mag ihn, es wird gut gehen.«

»Bist du sicher?«

»Völlig.«

So machte sich Sarah zu ihrem Gebäude in Hongkong auf, und der Zündel wohnte eine Zeitlang bei mir. Es dauerte, bis wir uns aneinander gewöhnt hatten, aber schon nach einer Woche war es mir angenehm, ihn um mich zu wissen. Wenn ich spätabends von der Arbeit heimkam, war er immer an der Tür, um mich mit Herumspringen und Herumlaufen willkommen zu heißen. Wenn ich ihn spazierenführte, blieb er immer in der Nähe und zog nie an der Leine, wie ich es bei vielen anderen Hunden gesehen hatte. Das Spazierengehen mit einem seltenen Hund brachte den zusätzlichen Vorteil mit sich, daß man viele gutaussehende Frauen auf der Straße traf, die ebenfalls Hundeliebhaberinnen waren.

Alles in allem funktionierte es gut, Mailbox als Gast im Hause zu haben, sieht man von einem merkwürdigen Vorfall ab. An einem lauen Sommertag einige Wochen später nahm ich ihn auf einen langen Spaziergang in den Central Park mit. Als wir in der Nähe des Dakota-Gebäudes standen und uns eben anschickten, die 72. Straße zu überqueren, hörte ich einen lauten Krach. Als ich unwillkürlich zurücksprang, bemerkte ich, daß eine große Dachplatte in der Nähe heruntergefallen war und uns beinahe getroffen hätte. Unwillkürlich blickte ich hoch und sah jemanden, der beinahe halb aus einem hohen Fenster im Gebäude hing und etwas ... zu uns ... herrunterrief? So wirkte es. New York steckt bis zum Rand voller Verrückter, aber ich konnte mir nicht vorstellen, jemand wäre *so* verrückt, so etwas herunterzuwerfen ... Nein, es war sehr gut möglich, daß so etwas in dieser Stadt passierte. Man brauchte sich nur die Abendnachrichten anzusehen, um das bestätigt zu finden.

Und wenn wir gerade von den Abendnachrichten reden: Dort war es auch, daß alles Böse anfing. Ein paar Tage nach dem Herabstürzen der Dachplatte sah ich mir die Nachrichten an und schüttelte den Kopf wegen einer besonders entsetzlichen Meldung über einen Massenmörder im Westchester County. Ein Mann hatte eine Pizzeria in White Plains betreten, eine Maschinenpistole gezogen und auf alle Anwesenden zu schießen begonnen. Bis die Polizei eintraf und ihn erschoß, tötete er zehn Leute. Der Nachrichtensprecher verlas die Meldung mit derselben ernsten, aber milden Stimme, mit der er jede Meldung verlas. Diese Ausbrüche des Grauens scheinen so sehr ein Teil unseres Alltags geworden zu sein, daß niemand mehr überrascht wirkt; selbst die Zeitungen bringen sie erst auf Seite zehn, neben dem Wetterbericht. Die Gleichgültigkeit der Leute gegenüber diesem zunehmenden Wahnsinn und ihr Sichdreinfinden erschrecken mich. Wir waren entrüstet und erstaunt gewesen, als wir hörten, was mit den Juden in Nazideutschland passierte, aber dasselbe geschah in unserem Alltag, und unsere einzige Reaktion war, die Schultern zu zucken und entweder umzublättern oder umzuschalten.

»Warum passieren jetzt so viele dieser Dinge? Warum wird es immer schlimmer?«

Der Hund wedelte als Antwort nur mit dem Schwanz und blickte mich erwartungsvoll an: Gehen wir spazieren?

Ich seufzte und stand auf, um die Leine zu holen. Bis ich die Tür erreicht hatte, war er schon bei mir und stupste gegen mein Bein. Ich schaute ihn an und bemerkte mit einem Mal, wie sehr er in den Wochen, in denen wir zusammen waren, gewachsen war. Ich hatte vergessen, wann genau Sarah zurück sein würde, aber aus vielen Gründen, die meisten davon ebenso banal wie angenehm, würde es mir leid tun, ihn ihr zurückzugeben. Ich wollte noch immer keinen Hund besitzen, aber ich konnte gut verstehen, warum so viele Leute Hunde liebten.

»Los Junge, gehen wir.« Ich legte ihm die Leine an und ging zur Tür hinaus. Sarahs Rückkehr machte mir Kopfzerbrechen. Wie lange genau hatte ich ihn gehabt? Schließlich rechnete ich mir aus, daß es beinahe zwei Monate waren!

Draußen fiel ein sanfter Sommerregen: Schönes Wetter zum Spazierengehen, wenn es einem nichts ausmacht, ein bißchen naß zu werden.

Als wir das Gebäude verließen, gingen ein Mann und eine Frau vorbei, die Köpfe unter einem Schirm zusammengesteckt, volle, sexy Stimmen, die sie von der Welt außerhalb ihrer eigenen glücklichen Existenz abschnitten. Wir waren ihnen nahe genug, daß die Frau unabsichtlich mit Mailbox zusammenstieß, der ein überraschtes Jaulen von sich gab. Die Frau blieb sofort stehen und beugte sich nieder.

»Ach, Schätzchen, es tut mir leid! Habe ich dir weh getan?« Selbst im Regen konnte ich erkennen, daß sie eine dieser großartigen schicken, nach warmem Parfum duftenden New Yorker Frauen und von solcher Anziehungskraft war, die einen in den Wahnsinn treiben konnte. Das Netteste an ihr war jedoch, daß sie sich anscheinend echt sorgte, ob sie dem Hund weh getan hatte.

Während ihr Freund wartete, blieb sie hocken und streichelte und tätschelte Mailbox und versuchte, ihre Unaufmerksamkeit gutzumachen. Er vergaß, was geschehen war, und fing an herumzutollen, wobei er spielerisch nach ihrer freundlichen Hand schnappte. Seine Augen hatten begonnen, immer gelber zu werden. Selbst in der Dunkelheit des Regens waren sie hellgelb. Ich musterte die Frau kurz. Mir fiel ein, daß der Hund jetzt sechs Monate alt sein mußte. Ich dachte daran, was Kak von den Ursprüngen der Züchtung erzählt hatte. Eine Sekunde lang schwankte ich benommen und überlegte, was das alles zu bedeuten hatte. Natürlich, wenn es stimmte.

»Komm, Jennifer, gehen wir.«

»Eine Sekunde. Ist er nicht hinreißend? Sieh dir diese spaßigen gelben Augen an. Sie sind wie kleine Taschenlampen.«

»Liebling, wir müssen weiter. Die Vorstellung beginnt in zehn Minuten.«

Aus ihrer kauernden Haltung blickte die Frau mit solch erstaunlich haßerfüllten Augen, einem solch bösen Gesichtsausdruck zu ihrem Freund auf, daß es wie pure Strahlung wirkte. Dieser Zorn war zu allem fähig, das war gewiß.

Mein Gott, wer war sie?

Sie stand auf, über ihrem Gesicht noch immer ein Sturm von Giftigkeit. Ohne eine Sekunde zu zögern, ging sie die Straße entlang und ließ ihren verlegenen Freund stehen. Er sah mich an, zuckte hilflos die Schultern und folgte ihr.

Von den Ereignissen wie gelähmt, stand ich da, ohne zu wissen, was ich tun sollte. Ein Werwolf? *Diese* schöne Frau? Das war unmöglich. Ich vernahm das Geräusch von Rollen und erblickte einen jungen Schwarzen, der auf einem Skateboard die Straße herunterkam. Als er uns erreicht hatte, bremste er geschickt und beugte sich nieder, um den Hund zu streicheln.

»He, ich kenne diesen Hund. Es ist ein Zündel, nicht wahr?«

»Ja, eh, ganz richtig.«

»Darf ich ihn streicheln?«

»Gewiß.« Ich sah weiter dem Paar nach, das die Straße entlangging. Der Mann holte sie ein und gestikulierte mit den Armen.

Als ich zu dem Jungen hinuntersah, der mit meinem Hund spielte, fielen mir zuerst seine Augen auf. Sie waren gelb.

»Diese Hunde kosten ein Vermögen, eh?«

Hellgelb.

»Los, Mailbox! Weiter!« Ich zog heftig an der Leine und zerrte ihn hinter mir die Straße entlang.

»Heh, Mister, was machen Sie da?«

Ich beugte mich nieder und nahm den Hund auf den Arm. Dann begann ich zu laufen.

»He, du weißer Dummkopf!«

Ich lief und lief, bis ich zu Hause war. Unwillkürlich verzichtete ich auf den Aufzug und lief die fünf Treppenfluchten bis zu meinem Stockwerk hoch. Wenn es stimmte, daß sie wirklich Werwölfe waren, wie Kak behauptet hatte, warum hatten sie nicht versucht, den Hund zu töten, wie die Person, die die Dachplatte nach uns geworfen hatte? Ich schloß die Tür hinter mir und schloß schnell zu. Ich setzte Mailbox auf den Boden und blickte ihm in die Augen. Sie waren wieder dunkel.

Ich sah mir in jener Nacht wieder die Nachrichten an und fand die Antwort auf meine Fragen, glaube ich. Ich entdeckte sie, als ich die Meldung von dem Massenmord in White Plains hörte. Vom Mörder hieß es, daß er ein zurückhaltender Mensch war, der nie im Leben etwas Merkwürdiges getan hatte. Bloß eines Tages lud er eine Maschinenpistole und begann, Leute umzubringen. Das passiert die ganze Zeit, nicht wahr?

Das ist die Antwort. Es passiert die ganze Zeit über, denn diese Leute wissen nicht, wer sie sind, bis *es* passiert. Dann wissen sie es. Die Frau und der Junge auf der Straße wissen es noch nicht, aber sie werden es wissen. Sie werden es wissen, sobald sie etwas Entsetzliches und Böses und Unmenschliches getan haben, so wie der zurückhaltende Mensch mit der Maschinenpistole. Wenn sie Mailbox nachher gesehen hätten, wie die Frau im Fenster, hätten sie versucht, ihn zu töten. Bis dahin aber glauben sie, daß er bloß ein süßer kleiner, erst sechs Monate alter Hund ist. Und das war die Antwort auf meine frühere Frage. Warum passieren jetzt so viele dieser schrecklichen Dinge! Wenn es aber wahr ist und Mailbox es »anzeigen« kann, dann ist die Welt wieder voll von diesen ... Monstren. Gott stehe uns bei.

Wieso ich das weiß? Oder eher, wie ich das *behaupten* kann? Weil ich in jener Nacht noch einmal ausging, um festzustellen, ob ich recht hätte. Ich ließ jedermann den Hund berühren, der es wollte. Dreiundzwanzig. Ich zählte dreiundzwanzig Leute allein in diesem kleinen Teil dieser großen Stadt, die meinen Hund berührten und ihn zum Leuchten brachten.

Die Party bei Brenda

Charlie gab mir Kleingeld, denn der Automat schluckte nur 25-Cent-Münzen – es war keines dieser Geräte, die alles fressen. Es war ein bißchen dumm, daß ich mir eigene Glimmstengel kaufte, denn wir rauchten alle Marlboro, und man konnte immer welche von einem anderen bekommen, wenn sie einem ausgingen. Ich rauchte seit etwa fünf Monaten in aller Öffentlichkeit. In zwei Monaten bin ich sechzehn, und mein alter Herr würde es mir sowieso erlauben. Trotzdem paßte ich immer auf, wenn ich einen gelbbraunen Impala vorbeifahren sah. Wir hatten so einen Wagen, und wenn mich mein alter Herr oder meine alte Dame beim Rauchen erwischten, bevor ich sechzehn war, würde er mir eine knallen, wie er es immer tut, wenn ich etwas Schlimmes angestellt habe. Abgesehen davon sind er und die alte Dame in Ordnung – nicht wie die Eltern einiger der anderen Kumpels, die sich die ganze Zeit besaufen und sie dann ohne jeden Grund verprügeln. Eine Reihe der Kumpels redet immer vom Abhauen, aber ich glaube nicht, daß ich es tun wollte, denn alles ist so in Ordnung, wie es ist.

Am liebsten habe ich True, aber das weiß niemand. Sie sind cool und leicht, aber ich rauche immer Marlboro, obwohl ich danach morgens ganz schön huste.

Nachdem ich die Glimmstengel gekauft hatte, gingen wir alle zur Hinterseite der Schule, wo wir ein paar weitere Typen treffen sollten, dann brachen wir zu Brenda auf, wo die Party stattfand. Alle sahen toll aus. Joe trug den neuen gelben Sweater aus Mohair, den er im Ausverkauf bei Korvette gekauft hatte, darunter das Nehru-Hemd seines Bruders in dunklem Orange. Es sah scharf aus, und ich ärgerte mich, daß ich nicht mit Joe zu Korvette gegangen war, als er mich darum bat. Aber ich habe später noch mal drüber nachgedacht, und ich fand, daß mein regenbogenfarbener Pulli mit V-Ausschnitt, den meine alte Dame für mich gestrickt hatte, und meine lavendelfarbene, mit Fransen besetzte Weste ebenso cool aussahen. Die anderen waren genauso aufgedonnert, und einer von uns stichelte, daß wir die feinen Pinkel von Dobbs Ferry seien.

Frankie und Vincent aus Irvington warteten auf den Stufen hinter der Schule, und da wir alle noch ein Weilchen Zeit hatten, bis es soweit war, setzten wir uns im Kreis nieder und rauchten schnell noch eine.

Vincent hatte gerade mit Brenda was angefangen, und obwohl wir es ihm jetzt nicht mehr übelnahmen, war es am Anfang nicht sehr cool gewesen, denn Irvington und wir sind Erzrivalen auf dem Fußballplatz, und wir wußten alle, daß Vincent letztes Jahr Donald Ocopinto mit einem Knie in die Eier vom Feld geschickt hatte.

Schließlich meinte einer, es wäre Zeit zu gehen, und wir alle zündeten uns noch einen Glimmstengel an – wir dachten, daß man als Junge ganz toll aussah, wenn man die Straße mit einer Kippe zwischen den Lippen entlangging – und machten uns auf den Weg zu Brenda.

Unterwegs trafen wir Anthony und Dickie Schiavo. Wir gingen alle zusammen zu Brenda. Anthony und dieser Dickie, den ich bisher nur einmal getroffen hatte, hatten eine kleine Flasche Johnny Walker bei sich, aus der wir alle einen kräftigen Schluck nahmen. Obwohl ich mir nur einen kleinen Schluck erlaubte, da ich nicht sehr auf Johnny Walker stehe, spürte ich doch, wie es mich auf der Stelle abhob. Ich nehme immer gern einen Schluck von irgend etwas, ehe ich auf eine Party gehe, denn es mildert ein bißchen das nervöse Gefühl, das ich manchmal habe. Nervös zu sein, ist schlecht, denn wenn man nervös ist, richtet man vielleicht etwas Dummes an, und man steht dann vor all den anderen als Blödmann da und wird noch lange danach von ihnen auf den Stufen hinter der Schule deswegen aufgezogen. Blöde Sachen, wie ständig auf die Toilette zu müssen, wenn man eine Menge getrunken hat, oder mit einem Kerl zu raufen, ehe die Party aus ist. Ich persönlich mag keine Raufereien. Ich bin kein Feigling oder so was, aber mein alter Herr sagt immer, Raufen ist etwas für Blödmänner, die nicht wissen, wie man etwas, das einem nicht paßt, ausdiskutiert, und ich bin derselben Ansicht. Aber damit wir uns nicht mißverstehen – ich hatte genug Blessuren und blutige Nasen in den letzten Jahren, ganz egal, was der alte Mann sagt. Ich remple niemanden an, und ich mag es nicht, wenn jemand versucht, mich anzurempeln. In den letzten Jahren hatte es auf Partys einige ziemlich böse Raufereien zwischen uns und Typen aus anderen Städten gegeben, aber wenn man es auf der Party tat, so schickte das Mädchen, das sie veranstaltete, alle fort. Und darum fingen die Leute wohl manchmal Raufereien auf einer Party an, aber legten erst richtig los, wenn die Party vorbei war. Wenn man mich fragt, ist die ganze Sache ziemlich albern, aber falls einer von uns Hilfe braucht, bin ich immer zur Stelle, mag passieren, was will.

Brenda betrachteten wir alle als unsere Freundin. Sie hatte die größten Titten, die man sich denken kann, und jeder von uns hatte früher oder später mal dran rumgedrückt, als sie vor einigen Monaten anfing, alle Jungen anzumachen. Charlie war der erste gewesen, denn, wie wir alle wußten, liebte sie ihn mehr als jeden anderen, ganz gleich, mit wem sie gerade ging. Sie waren seit der sechsten Klasse, mit Unterbrechungen, ein Paar. Sie blieben eine Weile zusammen, und dann trennten sie sich, aber ein paar Monate später waren sie wieder beisammen. Das ging so regelmäßig wie ein Uhrwerk. Wir alle wußten, daß sie eines Tages vielleicht heiraten würden, aber weder er noch sie gab es je zu, denn sie wußten, daß wir sie dann bis aufs Blut reizen würden. Als sie sich das letzte Mal – vor ein paar Wochen – verkracht hatten, ging jeder von uns ein paarmal mit ihr aus und konnte sie nach Herzenslust begrabschen, aber nachdem das erst mal geschehen war, war sie für jeden von uns eher ein richtiger Kumpel als ein Mädchen, das man flachlegen möchte. Und obwohl sie ziemlich gut aussah, ging keiner von uns mehr mit ihr aus, nachdem wir unsere Finger drin gehabt hatten. Auch andere Typen, wie dieser Vincent aus Irvington, hatten gehört, daß sie nichts anbrennen ließ, und so ging sie eine Zeitlang sehr viel mit Jungs aus anderen Städten aus. Aber wir alle wußten, daß sie und Charlie sich früher oder später wieder versöhnen würden.

Ihre Partys waren immer gelungen, nicht nur, weil wir uns so toll amüsierten und so, sondern weil Brendas alter Herr wohl einer der großartigsten alten Männer in der Gegend war. Er arbeitete in Yonkers beim Bau und sah aus wie ein häßlicher Danny Kaye. Er war auch einer der gewaltigsten Trinker, den jeder von uns je gesehen hatte. Er konnte eine Kiste Budweiser hinunterlaufen lassen, ohne daß es Wirkung zeigte, und obwohl ihm nie etwas anzumerken war, erzählte er, wenn er an die sieben oder acht Biere intus hatte, einige der vergnüglichsten schmutzigen Witze, die man je gehört hat. Ab und zu versuchte er sogar, eines der Mädchen anzumachen, was okay war, weil wir alle wußten, daß er es nicht wirklich meinte. Brendas alte Dame, die meiner alten Dame im Esquire Hair Saloon, wo sie arbeitete, immer das Haar legte, war ebenfalls in Ordnung, denn sie wußte, daß ihr Mann nur Spaß machte, und bis der alte Mann so weit war, seine Annäherungsversuche zu machen, hatte sie meist selbst genug Budweiser, wenn Sie wissen, was ich meine. Deshalb war alles ganz locker, und wir konnten tun oder sagen, was wir wollten, ohne uns über gute Manieren und derlei den Kopf zerbrechen zu müssen. Er forderte uns sogar auf, ihn Jack zu und nicht Mr. Cristello zu nennen, und Brendas alte Dame mit dem Vornamen anzureden. Sie hieß Angie.

Das ist einer der Gründe, warum ich bei mir daheim keine Partys geben will. Jedesmal, wenn ich eine gab, fühlten wir uns alle unbehaglich, denn mein alter Herr und die alte Dame hängen immer herum, lächeln und versuchen einen dazu zu bringen, über so was Blödes wie Baseball oder die Schule und solches Zeug zu reden. Ich wußte, daß sie bloß nett sein wollten und so, aber es ist nicht dasselbe, ob sie auf einer Party dabei sind oder nicht. Sie stören mich nicht, wenn ich allein bin, aber wenn jemand zu Besuch kommt, fühle ich mich befangen.

Auf halbem Wege in die Oberstadt sahen wir den alten Dominic, den Säufer, der uns die Straße herunter zuwinkte, und wir brachen alle gleich in Lachen aus. Mein Vater hat mir erzählt, er erinnere sich, daß Dominic schon damals, als Vater in unserem Alter war, ein Säufer war, also muß er jetzt schon ziemlich alt sein. Das aber will ich zu seinen Gunsten sagen, nach dem zu schließen, was ich über sein Leben gehört habe, *hatte* er es verdammt schwer. Seine Frau starb vor langer Zeit an Krebs oder was in der Art und sein einziger Sohn fiel in Korea, als er versuchte, ein MG-Nest auszuschalten. Wenn ich allein unterwegs bin und ihn auf der Straße sehe, begrüße ich ihn gewöhnlich mit: »Hallo!«, und er lächelt immer und sagt zu mir, ich sei ein guter Junge. Ist das nicht komisch, wenn man es bedenkt! Ein Typ, der den Großteil seines Lebens betrunken war und nichts hat, lächelt immer und sagt zu dir, du seist ein guter Junge.

Als er diesmal näher kam, lächelten wir uns an und sagten recht laut: »Hallo, Dom!« oder! »Wie geht's, Dom?« Es war recht spaßig, ihm zuzusehen, wie er uns ansah und versuchte, uns allen gleichzeitig zuzulächeln. Aber dann sah er mich und kam zu mir. Ich wußte gleich, daß er zu mir etwas sagen würde, daher versuchte ich mich abzusetzen. Er war jedoch ziemlich schnell und ergriff mich am Arm, bevor ich ihm entwischen konnte. Ich fühlte mich hundsmiserabel, als er zu sabbern begann und versuchte, mir den Arm um die Schulter zu legen, als wären wir gute Freunde und so, und die ganze Zeit über sagte er zu mir, was ich für ein guter Junge sei. Alle außer mir lachten wie verrückt, und ich wollte nur weg hier, aber niemand außer mir wollte weitergehen. Die Blödmänner hauten mächtig auf die Pauke, man weiß schon, was ich meine. Ich wußte nicht, was ich sagen sollte, daher sagte ich nur immer wieder: »Ist schon gut, Dom. Nimm's nicht schwer.« Das funktionierte nicht, denn er ließ nicht los. Schließlich faßte ihn Charlie am Hemd und stieß ihn fort. Er sagte dem alten Kerl, er möge sich davonmachen, wir hätten zu tun, und falls er sich auskotzen wollte, solle er es auf der Straße tun und nicht bei mir. Dom stolperte ein paar Schritte nach hinten und fiel zu Boden. Dort blieb er liegen, und als wir an ihm vorbeigingen, bemerkte ich, daß er mit vorgehaltenen Händen weinte. Ich kam mir wie ein Häufchen Scheiße vor, denn es war meine Schuld, aber ich wußte einfach nicht, was ich sagen sollte. Zuerst wollte ich ihm aufhelfen, aber ich wußte, das würde die Typen vermutlich wieder zum Lachen bringen und davon hatte ich die Nase voll.

Wie immer, wenn wir die Polizeistation weit genug hinter uns gelassen hatten, um zu wissen, daß man sicher war, schrie jemand! »Bullen fressen Scheiße!« und dann rannten wir alle, als wäre der Teufel hinter uns her, ehe einer von denen seinen fetten Hals aus dem Fenster steckte, um nachzusehen, wer diesmal das Maul aufriß. Da das von jeher so war, glaube ich nicht, daß sich die Bullen noch darum kümmern, aber ich hatte keine Lust, stehenzubleiben, um es herauszufinden.

Im Kino spielte man gerade »Bullitt«, aber wir hatten es alle schon einige Abende zuvor gesehen. Ich ging mit Joanne hin, und wir sahen nicht viel von dem Film, aber was wir mitbekamen, sah ziemlich gut aus. Ich überlegte, mir den ganzen Film nochmals allein anzusehen, ehe am Dienstag das Programm wechselte.

Es war ein wirklich netter Abend, und ich wußte, daß alle von uns in jeder Hinsicht bester Laune waren. Parties sind was Nettes und heben bei jedem die Stimmung. Man beginnt am Dienstag oder Donnerstag an sie zu denken, am Freitag überlegt man sich, was man anziehen wird und wer wohl dort sein wird, und der Samstag vergeht meist so schnell, daß er gar nicht wie ein ganzer Tag wirkt. Eines Tages würde ich eine Party geben, wenn meine Eltern nach Brooklyn oder so was fahren. Und ich sage Ihnen, das wird dann eine Wuchtparty! Ich habe darüber viel nachgedacht, und ich weiß schon, was ich tun werde: Zuallererst hätte ich gerne eine echte Musikgruppe, die auf der Veranda spielt. Das heißt, wenn sie nicht zu viel kostet. So was wie die »Renegades« aus Hastings oder die »Bel-Airs« aus White Plains.

Ich dachte an meine Party, als wir die letzten paar Häuserblocks zu Brenda marschierten, und darum sah ich auch den Polizeiwagen erst, als ich aufblickte, weil jemand sagte: »So 'ne Scheiße! Er steht vor Brendas Haus!«

Es war der Wagen des alten Danahar, des Polizeichefs. Eine Menge Leute standen vor dem Haus herum, und es schien, als redeten sie alle durcheinander. Wir sahen auch einige unserer Kumpels herumstehen, aber keiner von ihnen sagte etwas – sie schauten bloß auf das Haus.

Michael Festigi drehte sich um und erkannte uns. Er erzählte uns, Brendas alte Dame, Angie, habe eine der Schrotflinten ihres Alten genommen und ihm den Kopf weggeblasen. Uns traf fast der Schlag. Ich versuchte noch, ins Gebüsch zu gelangen, schaffte es aber nicht und kotzte auf die Straße. Das war aber egal, denn ich bemerkte, daß es eine Menge Typen genauso machten. Ich fragte mit zitternder Stimme, warum sie es getan hatte. Michael fragte uns, ob wir nicht zuvor was zu trinken hätten. Nachdem er einen tüchtigen Schluck Johnny Walker genommen hatte, erzählte er, Brendas alte Dame habe ihren Mann dabei erwischt, wie er tatsächlich versucht habe, bei einem der Mädchen auf der Party zu landen, und weil sie voll war, holte sie einfach die Flinte von der Wand und schoß ihm aus beiden Läufen ins Gesicht.

Gleich darauf kam Brenda mit Danahar aus dem Haus, und keiner von uns hatte sie je in einem solchen Zustand gesehen. Sie heulte gottserbärmlich, und die ganze Vorderseite ihres Kleides sah aus, als wäre sie mit einem Spray rot eingefärbt worden. Sie ging weinend mit dem Polizeichef zum Wagen, aber als sie Charlie erblickte, hörte sie zu heulen auf und blieb stehen. Sie blickte Charlie lange Zeit an, dann sagte sie mit echt gespenstischer Stimme: »Tut mir leid, Charlie« und stieg in den Wagen. Wir waren alle total erschüttert, vor allem Charlie. Vermutlich war es ihre Stimme, die uns am meisten zusetzte. Als sie sagte, es täte ihr leid, klang ihre Stimme wie aus einem Film mit Vincent Price – echt schaurig und so, als käme der »Heulende Totenschädel« auf uns zugeflogen oder so was.

Wir machten, daß wir so rasch wie möglich fortkamen, und da wir keine Lust nach Gesellschaft hatten, murmelte jeder nur etwas davon, daß ihm nicht ganz gut wäre oder dergleichen und machte sich dünn.

Ich habe das noch niemandem erzählt, aber als ich heimkam, stahl ich mich vor dem Schlafengehen ins Zimmer meiner alten Dame, nahm ein Blatt Papier und einen Briefumschlag heraus und schrieb: *Tut mir leid, Brenda.* Ich gab den Brief am nächsten Tag ohne Absender auf.

Der Jane-Fonda-Saal

Das einzige Glück, das Paul Domenica bislang je zuteil geworden war, begann mit seiner Fahrt zur Hölle. *Bislang.* Bislang hatte sich ihm die Hölle nur als endlose weiße Korridorflucht dargestellt, nicht unähnlich dem internationalen Flughafen von Los Angeles (wo Paul bei Lebzeiten gearbeitet hatte). Es gab sogar Laufbänder mit Wegweisern darüber, die den Benutzer anwiesen, sich bei Betreten an dem schwarzen Gummigeländer festzuhalten.

Seine Führerin war eine Frau namens Baker, die unaufhörlich lächelte und ohne besonderen Anlaß mit dem Kopf nickte. An ihrer Bluse trug sie ein kleines weißes Namenskärtchen aus Kunststoff.

»Sicherlich haben Sie das schon unzählige Male gehört, Mrs. Baker, aber gewiß ist es nicht das, was ich mir vorgestellt habe!«

Sie nickte und schob das Bündel Papiere in die Höhe, das sie wie ein eifriges Collegegirl an die Brust gedrückt trug.

»Ja, es ist immer ein richtiger Schock. Die Ankömmlinge stellen die merkwürdigsten Sachen an. Ich könnte Ihnen Geschichten erzählen, die ... also, ich könnte Ihnen Geschichten erzählen! Sind Sie schon dazu gekommen, die Unterlagen durchzusehen?«

Paul blickte auf die roten, gelben und blauen Mappen unter seinem Arm und lächelte: »Ja, und ich habe mich bereits entschieden. Ich weiß es bereits.«

»So schnell? Wunderbar. Und noch etwas, Paul. Wir lassen den Leuten, glauben wir, genügend Zeit, sich zu entscheiden, aber sie alle scheinen so ... hmmm ... unsicher zu sein.«

»Mrs. Baker, ich weiß genau, was Sie meinen. Als ich als Kellner arbeitete, wissen Sie? Die Hälfte der Gäste gab nie eine klare Antwort. Pommes frites oder Bratkartoffeln zu den Eiern? Man hätte glauben können, ich wolle ihnen eine Lebensversicherung oder so verkaufen! Pommes frites oder Bratkartoffeln? He, was machen diese Leute dann, wenn sie einen neuen Wagen oder so etwas kaufen müssen?«

»Oder einen Namen für ihre Kinder finden?« Mrs. Baker kicherte.

»Oder ein Haus kaufen?« Paul stimmte in ihr Lachen ein, und es hallte in dem endlosen weißen Raum, der sich, nun ja, endlos zu erstrecken schien, von oben und von allen Seiten zurück. *Endlos.*

Was für ein erstaunliches Wort. Er hatte früher nie viel Gedanken an so etwas verschwendet, aber Mann, jetzt dachte er daran. Weiße Korridore, Mrs. Baker... Endlos. Da war er, Paul Domenica, und er reiste den weißen Schlund der Hölle hinunter und hatte nicht die geringste Vorstellung, wohin es ging. Nicht, daß es einen großen Unterschied machte. Er hatte alle Zeit der Welt. Der Gedanke ließ ihn auflachen, und Mrs. Baker sah ihn glücklich an.

»Das stimmt, Paul. Sie haben alle Zeit der Welt. Entspannen Sie sich, nehmen Sie es nicht zu schwer. Wir sind gleich da.«

Das war wirklich allerhand; sie konnten Gedanken lesen! Sie konnten tatsächlich Gedanken lesen.

»Darf ich Sie etwas fragen?«

»Ja, Paul. Was Sie wollen. Innerhalb gewisser Grenzen, natürlich.« Sie zwinkerte ihm zu.

»Wie macht ihr das? Daß ihr Gedanken lest. Darf ich das fragen?«

»Jaaaa, das ist eine Kleinigkeit.« Sie holte einen winzigen Bleistift aus der Tasche. »Das ist eine Art Apparat. Hier, nehmen Sie.«

Er ergriff das Ding. Sofort steckte er inmitten von Mrs. Bakers Gedanken. Sie dachte an tropische Fische, süße Törtchen und wie es wäre, mit Paul zu schlafen.

Obwohl er eigentlich nicht schüchtern war, gab ihr Paul den Bleistift zurück, als stünde er in Flammen. Er konnte der Frau nicht in die Augen sehen.

»Ach, Paul, schämen Sie sich nicht. Wir sind hier eben so. Ich habe Ihre Gedanken schon vorher gelesen und sah alle möglichen lieblich-entsetzlichen Dinge, aber so ist es eben. Wen kümmert, was einer jetzt denkt? Das spielt überhaupt keine Rolle mehr! Sex, Steuern... Das ist alles vorbei, Paul. Da ist noch etwas, woran Sie sich werden gewöhnen müssen. Das werden Sie schon schaffen. Ah, da sind wir schon – Zimmer 3112.«

Paul schaute auf die Tür und fand keine Nummer, aber die Frau zeigte mit dem Finger darauf, und die Tür öffnete sich lautlos.

»Gehen Sie nur hinein.«

Er betrat ein blaßblaues Zimmer, das voller moderner Möbel aus Aluminium und Leder war. An den Wänden hingen hübsche Bilder: Sonnenuntergänge, Boote auf dem Meer, ein Poster Norman Rockwells von einem Jungen, dem die Haare geschnitten wurden.

Eine sehr hübsche junge Frau saß hinter einem durchsichtigen

Schreibtisch und las in einem Exemplar von *Prinzessin Daisy*. Sie blickte lächelnd auf.

»Hallo, Leslie.«

»Hallo, Sally. Sally, das ist Paul Domenica. Er ist eben angekommen.«

Sie lächelten einander zu, und um das Eis zu brechen, erwähnte Paul, wie sehr seiner Freundin das Buch gefallen habe.

»Oh, es ist wirklich ein toller Schmöker, Paul. Ich kann nicht aufhören zu lesen.«

»Passen Sie auf, daß der Chef Sie nicht dabei erwischt.«

»Oh, Leslie, er selbst hat es mir ja gegeben.«

Sie lachten alle, während sich Paul und Mrs. Baker auf der Couch niederließen. Diese war sehr bequem.

»Also, Paul, Sie sagten, Sie hätten sich schon entschieden?«

»Ja, ich möchte dorthin.« Er blickte auf die Farbprospekte in seinem Schoß und hielt den roten in die Höhe.

»Die Filmsäle? Das ist gut!«

»Er hat einen guten Geschmack«, piepste Sally durch den Raum. Paul fühlte sich, als hätte er in der Mathematikstunde die richtige Antwort gegeben.

»Ich möchte Sie wirklich nicht drängen, Paul, aber wissen Sie bereits, welcher Filmsaal? Ich weiß, es ist eine schwere Entscheidung, aber vielleicht –«

»Jane Fonda. Punktum. Ich muß keine Minute lang nachdenken.«

»Sie gefällt Ihnen, wie?« Mrs. Baker gab Paul einen bedeutungsvollen Klaps auf das Knie.

»Ich *liebe* Jane Fonda.«

Das Telephon auf Sallys Schreibtisch schnarrte, und sie hatte es im Nu in der Hand. »Ja, Sir, er ist gerade hier. Was? Nein, das ist nicht notwendig. Er hat sich bereits für die Filmräume entschieden. Wie bitte? Jane Fonda.«

Die Person am anderen Ende der Leitung sagte etwas, das Sally zum Lachen brachte. Sie zwinkerte Paul und Mrs. Baker zu.

»Er sagte dasselbe wie ich, Paul: ›Er hat einen guten Geschmack.‹«

Paul sah zu Mrs. Baker hin und fragte sich, von wem Sally redete. Die Frau hob einen Finger in die Höhe, um anzudeuten, er solle warten, bis die Sekretärin das Gespräch beendet habe.

»Ja, Sir. Ihr nächster Termin ist in einer halben Stunde.« Sie lauschte einen Augenblick lang und legte dann auf. Sie schüttelte den Kopf. »In letzter Zeit ist er bester Laune. Seit Monaten habe ich ihn nicht so fröhlich gesehen.«

Paul wollte gerade fragen, von wem die Rede ist, als irgendwo eine Tür aufging und der Teufel hereinkam, gekleidet in einen Anzug mit Weste. Er war offensichtlich in Eile, aber als er Paul und Mrs. Baker erblickte, setzte er ein breites Lächeln auf und trat zu ihnen. »Paul Domenica, Los Angeles, Kalifornien. Wie geht es, Paul?« Er streckte die Hand aus, und Paul ergriff sie ohne zu zögern. Sie war angenehm warm. Es war ein guter, fester Händedruck. Das gefiel Paul. *Er* gefiel ihm.

»Heutzutage bekommen wir gute Leute, wie, Sally?« Die Sekretärin nickte lächelnd. »Leider muß ich fort. Ich bin in einer halben Stunde zurück. Sally, du paßt mir auf Paul auf, hörst du?«

»Ja, Sir.«

Als der Teufel fort war, wandte sich Paul mit einem verwunderten Blick an Mrs. Baker. »Hätte ich einen Termin mit ihm haben sollen?«

»Nur falls Sie unentschlossen gewesen wären. Aber zerbrechen Sie sich nicht den Kopf darüber.« Sie erhob sich von der Couch.

Paul berührte ihren Arm. Irgendwo im Herzen spürte er ein einziges *Peng* von Furcht, wie wenn jemand gutes Kristallglas mit dem Finger anschlägt. »Was, eh, was passiert mit jemandem, der sich nicht entscheiden kann?«

Mrs. Baker blickte ihn mit dem besonderen Ausdruck an, den Leute aufsetzen, wenn sie durch ein Wagenfenster auf ein unerträglich grausiges Autowrack schauen. Die Zeit holte tief Atem, und im Zimmer war kein Laut zu vernehmen.

In diesem Augenblick verstand Paul alles, und das *Peng* der Furcht verwandelte sich in einen gewaltigen chinesischen Gong. »Oh.« Er blickte zu Boden und fragte sich, ob er imstande sein würde, aus eigener Kraft aufzustehen.

»Paul, machen Sie sich keine Sorgen, bei Ihnen ist alles fix! Wir brauchen Sie jetzt nur noch einzugewöhnen.«

Der Ton ihrer Stimme war warm und beruhigend. Paul schaute sie an, dann die Sekretärin. Merkwürdigerweise hatten beide identische Mienen: freundlich, beinahe liebevoll, aber ganz genau gleich. Paul wußte nicht, ob er sich darüber freuen oder ob er erschreckt sein sollte.

»Paul, kommen Sie.«

Sie verabschiedeten sich von Sally und traten wieder aus dem freundlichen Büro in die weißen Gänge hinaus. Diesmal jedoch war entweder die weiße Farbe oder die Endlosigkeit unheilverkündend und nichts glich mehr dem Flughafen von Los Angeles.

Sie gingen immer weiter. Paul wollte reden, doch fiel ihm nichts ein. Mrs. Baker schien jetzt in größerer Eile zu sein, und als Paul zu ihr hinübersah, war ihr Gesicht ausdruckslos.

Plötzlich, ohne Vorwarnung, bogen sie um eine Ecke, und das vertraute Weiß wich einem Rot wie auf dem Umschlag des Filmsaalprospekts. Paul blickte wieder zu Mrs. Baker. Sie lächelte und hob ihre Papiere in die Höhe. »Wir sind gleich da, Paul. Nicht mehr lange!«

Und dann waren sie dort. Eine rote Tür. Wieder keine Aufschrift und keine Nummer – bloß eine rote Tür, vor der Mrs. Baker stehenblieb und auf die sie wies.

»*Ici, monsieur*. Da sind wir.« Sie sah ihn an, und ihr Gesicht war wieder glücklich und lebhaft. »Sie kommen gerade rechtzeitig zum Beginn von *Ein Mann wird gejagt*. Jane Fonda und Marlon Brando. Keine schlechte Besetzung, eh? Und dann kommt *Barbarella, Klute, Coming Home – sie kehren heim, Warum eigentlich bringen wir den Chef nicht um?* Was sagen Sie dazu? Ganz gut fürs erste Mal!«

»Und danach?« Pauls Augen zogen sich zusammen, denn es dämmerte ihm schließlich, was geschehen würde.

Mrs. Baker runzelte zum ersten Mal die Stirn. »Danach? Also, Sie sehen all die anderen Filme, die sie gemacht hat. Wie viele es auch sein mögen. Ist das nicht wunderbar? Was können Sie mehr verlangen –«

»Immer wieder?« Seine Finger waren jetzt ganz klamm.

»Nun ja ...«

»Pausenlos? Alle Filme Jane Fondas immer wieder und pausenlos?«

Mrs. Baker seufzte und wirkte ein bißchen gelangweilt. »Ja, Paul, immer wieder. Immer wieder und immer wieder und immer wieder ...« Während sie sprach, deutete sie auf die Tür, die sich öffnete. Das erste, was Paul inmitten der Dunkelheit sah, war das vertraute Gesicht, für das er früher einmal gestorben wäre.

Die Toten lieben dich

Das erschreckendste Geräusch der Welt ist das Schlagen des eigenen Herzens. Niemand spricht gern davon, aber es ist wahr. Inmitten tiefer Furcht ist es ein heimliches Tier, das mit einer Riesenfaust an eine innere Tür pocht und hinausgelassen zu werden verlangt.

Ein paar Minuten vor dem Unfall erblickte ich ein Graffito auf einer Mauer. In krakeligen, fußhohen weißen Buchstaben verkündete es: *Die Toten lieben dich*. Was hatte das zu bedeuten? Welcher Bürger würde so was für wichtig genug halten, um es mitten in der Stadt an eine Mauer zu schmieren? Das ließ sich leicht als Reklamegag abtun oder als Botschaft an die Welt eines Fans der »Grateful Dead«, aber ich spürte, daß an der Sache mehr dran war.

Ich heiße Anthea Powell. Ich bin eine halbwegs erfolgreiche Karrierefrau Mitte Dreißig. Mein Hab und Gut umfaßt ein paar wertvolle Aktien, eine kleine Eigentumswohnung und ein angegriffenes Herz. Den Großteil meines Lebens als Erwachsene habe ich meinem Herzschlag mit Furcht und Faszination gelauscht. Das Herz ist meine Maschine und eine fortwährende Erinnerung. Ich will nicht, daß mich die Toten jetzt schon lieben.

Ich hatte es eilig, ans andere Ende der Stadt zu gelangen. Wenn Sie mich fragen warum, kann ich bloß antworten, »weil«. *Weil* ich mir einbildete, ich müßte dorthin, weil die Uhr in meinem Wagen immer vor geht . . . Weil ich eine Verabredung in Samarra einhalten mußte. Ich kannte die Kreuzung, wußte sogar, daß die Ampel langsam schaltete. Sie war rot, als ich dort ankam, rot, als der weiße Fiat hinter mir stehenblieb. Es gab nichts anderes zu tun, also schaute ich in den Rückspiegel und bemerkte den Wagen mit dem Mann am Steuer. Er trug eine Sonnenbrille, worüber ich lächeln mußte, denn es war neun Uhr abends. Lächelte er ebenfalls? Ich erinnere mich nicht.

Als die Ampel umsprang, fuhr links von mir ein Fahrrad nahe heran. Zugleich gab der Fiat Gas und versuchte mich rechts zu überholen.

Das Fahrrad war so nahe, daß ich überzeugt war, es gestreift zu haben. Es blieb mir nichts anderes übrig, als nach rechts auszuweichen, in das Auto hinein.

Vielleicht täuschte ich mich und war vielleicht dem Fahrrad gar nicht *so* nahe. Vielleicht war auch alles ganz anders. Ich krachte in den Fiat und hörte gleichzeitig ein metallisches Knirschen und ein lautes »Bumm«: aus meinem rechten Vorderrad entwich die Luft.

Es ist ein schmerzhaftes, entmutigendes Erlebnis, wenn man spürt, daß man mitten in einem Autounfall steckt. Wenn es passiert, ist man zunächst geschockt, aber man bedauert bereits alles, was nachher kommt.

Ich stieg auf die Bremse und schlug die Lenkung hart ein, um wegzukommen, aber das war nur ein Reflex.

Zum Stillstand gekommen, sah ich dem Fahrradfahrer nach, wie er in Schlangenlinien schnell die Straße entlang verschwand. Ich hätte ihm den Kragen umdrehen können. Ich wünschte mir, es wäre dreißig Sekunden früher, und ich könnte diesmal alles richtig machen. Ich wollte davonlaufen und wieder ein intaktes Auto haben.

Eine Wagentür wurde zugeschlagen. »Verdammt noch mal!« Eine tiefe und zornige Männerstimme.

Er trug noch immer seine Sonnenbrille, aber die untere Partie seines Gesichtes verriet alles: ein Mund, der sich wütend bewegte. Er war hellblond und einen Augenblick lang erinnerte er mich an Max Headroom.

Ich öffnete die Tür und wollte aussteigen, aber eine plötzliche Arrhythmie des Herzens erfaßte mich, und einen Augenblick stand ich da wie erstarrt, die erschreckten Augen geschlossen.

»Lady, sind Sie ganz von Gott verlassen?«

»Könnten Sie nicht eine Sekunde warten?« Unbewußt hatte ich beide Hände auf mein Herz gelegt. Ich fühlte mich wie ein Stück Papier, das durchgerissen wird.

»*Warten*? Hören Sie, Lady, Sie haben gerade die Vorderfront meines *Wagens* mitgenommen. Worauf soll ich warten?«

»Ich habe ein kaputtes Herz.«

»Und ich ein kaputtes *Auto*!«

Das Geräusch einer Sirene näherte sich rasch von hinten und hatte uns im Nu erreicht.

Wirklich zum ersten Mal sah ich zu dem anderen Wagenlenker hinüber. Er hatte die Sonnenbrille abgenommen, und erst jetzt begriff ich, warum er sie trug: Er war ein Albino. Gelbes Haar, fast schon silbrig, durchscheinende weiße Augenbrauen, rosarote Haut. Ich weiß nicht, ob er die rosaroten Augen eines Albinos hatte. Es war zu dunkel, um sie deutlich zu sehen.

Was mich erstaunte, war der Umstand, daß dieses ganze menschliche Weiß zu glühen schien, ihn aus der abendlichen Dunkelheit um uns heraushob. Ein phosphoreszierendes Spielzeug oder ein leuchtendes Nitelit.

»Also, was ist los?« Der Polizist war groß und stämmig, mit einer Stimme wie ein Sattelschlepper, der den Gang wechselt.

»Das Problem ist, daß sie in mein verdammtes Auto hineingefahren ist.«

»Passen Sie auf, was Sie sagen, As. Es ist eine Dame hier.«

Ich sah den Polizisten an und versuchte, ihm dankbar zuzulächeln. Mein Herz war wieder zum Schweigen gekommen, daher stieg ich langsam aus dem Wagen und trat zwischen die beiden Männer.

»Ich fuhr von der Ampel los, als mich jemand auf einem Fahrrad schnitt. Ich riß das Lenkrad herum, um ihm auszuweichen.«

»Sie wollen sagen, Sie sind mit dem Wagen genau in mich hineingekracht.«

»Stimmt.«

»Was Sie sagen, ist Scheiße!«

Der Polizist warf ihm einen mürrischen Blick zu und schrieb dies und das auf einen großen Notizblock, den er aus der Brusttasche holte. Alles an ihm war groß: der Block, der Kugelschreiber, der Revolver, der ihm dunkelbraun und glänzend von der breiten Hüfte baumelte.

»Und was haben *Sie* gemacht, rechts überholt?«

»Sie fuhr zu langsam. Ich mußte vorbeikommen.«

»Sie fuhr überhaupt nicht – sie versuchte, dem Fahrrad auszuweichen. Sie hatten hier nichts zu suchen. Das ist der Grund, warum sie mit Ihnen zusammenstieß, und das werde ich auch in meinem Bericht festhalten.«

Der Mund des Albinos ging noch einmal auf, dann schloß er ihn fest. Er wollte seinen Ohren nicht trauen. »Das ist absoluter Bockmist! Woher wissen Sie, daß das stimmt, was sie behauptet?«

»Zuerst einmal, weil ich Zeugen habe und weil ich von Ihnen nicht höre, daß Sie es abstreiten!«

»Wo stecken diese Zeugen?«

Der Polizist zeigte auf eine Menschentraube, die sein Auto umstand; die Leute redeten mit seinem Kollegen.

»Sie behaupten alle, daß Sie zu rasch anfuhren und versuchten, sie rechts zu überholen. Das ist gefährlich, wissen Sie. Und auch nicht erlaubt. Was heißen will, daß Sie nicht viel Aussicht auf Erfolg haben, wenn es zu einer Verhandlung kommt.«

»Ich kann kaum glauben, daß Sie mir diese Scheiße einreden wollen!«

»Mir gefällt Ihr Verhalten nicht, Bleichkopf. Zeigen Sie mir Ihren Führerschein.«

Der andere griff in die Hosentasche und holte ein schönes rotes Ledereetui hervor. Darauf entdeckte ich einen großen Werbeaufkleber für *Mitternacht,* den abscheulichen Horrorfilm, der derzeit so populär ist.

»*Das* ist aber interessant! Ist Ihnen klar, daß er seit drei Monaten abgelaufen ist? Sie haben einen ungültigen Führerschein und sehen wahrscheinlich einer Anklage wegen Gefährdung der anderen Verkehrsteilnehmer entgegen, Bruce. Bruce ... Beetz? Was für ein Name! Haben Sie noch etwas auf dem Herzen, Bruce Beetz?« Der Polizist zwinkerte mir zu. Der Albino bemerkte es, und sein Gesicht sah aus, als säße ihm etwas quer in der Kehle.

Sobald ich daheim war, ließ ich mir ein Bad ein: mein zweites an diesem Abend. Wannenbäder sind eine heimliche Liebe und eine fortwährende Schwäche von mir. Wie meine Heldin Blanche Dubois drehe ich immer, wenn etwas schiefgeht, den Hahn der Badewanne auf. Heiß, heiß ... so heiß wie möglich. Die Ärzte sind sich einig, daß der Schock nicht gut ist für mein Herz, aber das ist eines der wenigen Male, wo ich mir sage, da kann man eben nichts machen. Ich stelle mir dann immer vor, mein Herz hätte sowieso seinen eigenen Willen. Da es weiß, daß es in mir lebt, sollte es daran gewöhnt sein, in kochendes Wasser geworfen zu werden, wann immer seine Besitzerin etwas nervös macht.

Ich goß einen ordentlich großen Schuß Kokosnußschaumbad dazu.

Während ich beobachtete, wie er perlend und cremig durch das Wasser wirbelte, vergaß ich eine Weile mein demoliertes Auto und den zornigen Mann mit dem weißen Haar. Den zornigen Kerl mit dem weißen Wagen.

Nachdem ich meine Kleider aufgehängt hatte, stieg ich dankbar in den dampfenden Schaum und machte es mir bequem. Ein paar schwere Wimpernschläge später war ich fest eingeschlafen.

Ich träumte, ich wäre in einer unbekannten Stadt, so grau und traurig, daß sie auf den ersten Blick und aufs erste Hinriechen sich irgendwo im Osten befand, höchstwahrscheinlich eine kommunistische Stadt. Sofia oder Prag, eine fremde Stadt im wahrsten Wortsinn. Eine Stadt in ruhigem und anonymem Schmerz. Ich war nie zuvor dort gewesen, das stand fest.

Überraschender war mein Begleiter. Mich fest an der Hand haltend, stand da ein kleiner Junge, den ich nicht kannte: ein Albino, der in Bluejeans und einen blauen Blazer gekleidet war, rote Turnschuhe und eine rote Baseballkappe der St. Louis Cardinals trug.

»Wie heißt du?«

»Bruce Beetz.«

»Wie alt bist du?«

»Sieben.«

»Weißt du, wohin wir gehen?«

Er runzelte die Stirn. »Sie sollen mich doch nach Hause bringen.«

»Wo ist das?«

Er fing zu weinen an. Ich drückte seine Hand und versuchte, ihm beruhigend zuzulächeln. Aber ich hatte wirklich keine Ahnung, wo wir waren oder wer er war, außer daß er eine Kindversion des Mannes war, dessen Wagen ich gerade gerammt hatte.

Der ganze Traum war so merkwürdig und lächerlich, daß ich lachend erwachte. Ich schlafe oft in der Badewanne ein und bin bis jetzt noch nicht ertrunken, aber kichernd aufzuwachen, sieht mir gar nicht ähnlich. Ich sah mich mit müden heißen Augen im Badezimmer um und versuchte, das, was ich an den Schlaf verloren hatte, wieder scharf in den Blick zu bekommen. Nichts um mich hatte sich verändert. Da schaute ich in die Badewanne. Inmitten der weißen Schaumblasen um mich herum schwamm ein kleines weißes Plastikauto – ein Fiat Uno, genau wie der von Bruce Beetz. Ohne es anzufassen, erkannte ich, daß die vordere Stoßstange auf die gleiche Weise verbogen worden war wie die ihres großen, wirklichen Bruders.

Entsetzen.

Ein Herz, das einen beutelt wie der Sturm einen Baum, warnt einen, daß jedes Wort, das man auf der Zunge hat, das letzte sein kann. Darum koste man es aus und überzeuge sich, daß es das richtige ist, ehe man es verwendet.

Entsetzen.

Das Spielzeugauto erschreckte mich. Es war unmöglich, seltsam, die allerschlimmste Bedrohung. War der Bleichkopf wirklich in mein Badezimmer gekommen, während ich schlief, und hatte es ins Badewasser gelegt? Es dorthin getan, während ich im Traum seine Kinderhand in jener seltsamen und fernen Stadt hielt?

Schlimmer, hielt er sich noch immer in meiner Wohnung auf?

Alleinstehende Frauen müssen heutzutage auf sich aufpassen. Ich habe zwei Revolver in meiner Wohnung, so paranoid das auch klingen mag. Einen unter der Badewanne, den anderen hinter dem Bett. Ich habe einen Waffenschein dafür, und ich habe mit ihnen hinreichend geübt, so daß ich weiß, wie man jemanden erschießt, wenn es notwendig ist.

Ich überzeugte mich davon, daß die Tür verschlossen war (sie *war* es, ehe ich in die Wanne stieg), trocknete mich rasch ab und zog Jeans und ein T-Shirt an. Der Revoler unter der Badewanne ist ein 38er und liegt schwer in der Hand. Er ist immer geladen.

Ich spannte ihn, ging durch das Zimmer und öffnete die Tür. Mein Herz schlug wieder an die Tür meines Brustkorbs.

Ich ging auf Zehenspitzen durch die Wohnung. Da war niemand.

Ich glaube, ich hatte nichts anderes erwartet, aber es tat gut, sich davon überzeugt zu haben. Ich schaute in jedem Versteck nach, im Schrank, unter dem Bett ... ehe ich mich zufriedengab.

Als ich wieder im Bad war, fuhr mir ein Schauder über den Rücken wie ein kalter Fingernagel. Der Albino war hier gewesen, als ich *schlief*. Nahe genug, um ein Spielzeugauto ins Badewasser fallen zu lassen.

Selbst der Gedanke, daß er mich nackt gesehen hatte, war nicht so beunruhigend wie die Vorstellung von einer weißen, weißen Hand, die mich berührte und von dem Wasser, in dem ich lag, naß wurde.

Das Telephon läutete.

Ich griff nach dem Apparat neben dem Waschbecken.

»Anthea Powell?«

»Ja. Wer ist da?«

»Ein toter weißer Fiat. Erinnern Sie sich? Der Kerl, mit dem Sie zusammengestoßen sind? Der Wagen in Ihrer Badewanne? *Ich*.«

Ich hatte noch immer den Revolver in der Hand. Ich hielt ihn an den Hörer, als würde das helfen.

»Was wollen Sie? Was hatten Sie in meinem Haus zu suchen?«

»Sie haben mein Auto ruiniert, Anthea. Das wird Sie teuer zu stehen kommen.«

»Was *wollen* Sie von mir?«

»Was mir gehört. Sie schulden mir einen Haufen Geld.«

»Dann stellen Sie fest, wieviel die Reparatur kostet. Sagen Sie es mir, und wir werden uns auf einen Betrag einigen.«

»Ich will kein repariertes, ich will ein neues Auto, *Anthea*. Kaufen Sie mir einen neuen Wagen, und ich lasse Sie in Ruhe.«

»Machen Sie sich nicht lächerlich; ich habe bloß Ihre Vorderfront eingedrückt.«

»Ich will einen neuen Wagen, Anthea.«

»Drohen Sie mir nicht, *Bruce*. Ich weiß Ihren Namen. Vergessen Sie nicht, ich kann die Polizei anrufen und ihr davon berichten. Drohanrufe, Eindringen in fremde Häuser... Es wäre nicht sehr schwer, Sie zu finden. Ich glaube nicht, daß es so viele Albinos in der Stadt gibt, die Bruce Beetz heißen!«

Er lachte. »Brucey! Bilden Sie sich ein, daß das mein Name ist? Er ist *tot*, Süße. Der Führerschein, den ich vorwies? Der ist vor drei Monaten abgelaufen, weil auch der alte Bruce damals ›ablief‹. Ich nahm ihn seiner Leiche ab und habe ihn ein bißchen verändert. Er starb bei einem Autounfall. Merkwürdiger Zufall, nicht? Tun Sie, was ich sage, Anthea, oder ich fresse Ihr Scheißgesicht.« Er hängte auf.

In dieser Nacht schlief ich nicht viel. Die Träume, die ich hatte, liefen alle in Schwarzweiß ab und spielten in der neuen, unbekannten Stadt. Der junge Bruce Beetz und ich gingen durch Straßen wie bei Chirico, schneeweiß erleuchtet, oder durch bedrükkende, erbarmungslose Schatten, sensenartig scharf, ohne Zwischentöne in Licht oder Dunkel zerteilt.

Es passierte nichts Besonderes und es wurde auch wenig gesprochen. Aber ich erinnere mich, daß wir miteinander besser auszukommen schienen, weil ich irgendwie ahnte, wohin ich ging. Der Junge spürte das und quengelte oder weinte nicht, wenn ich mich verirrte oder mich nicht auskannte.

»Wie heißt du wirklich? Du hast vorher gelogen; dein Name ist nicht Bruce.«

Er hielt sich die kleinen Hände vor das Gesicht und lachte das bezaubernde Lachen eines unartigen Jungen. »Sind Sie mir böse?«

»Nicht im geringsten. Wie *heißt* du?«

»John Cray.« Er hielt sich die Hand vor das Gesicht.

»Sagst du diesmal die Wahrheit?«

Seine Hände fielen herab. Er blickte empört drein. »Ja, John Cray. So heiße ich!«

Beim Aufwachen sah ich um mich und entdeckte auf dem Kissen, ein paar Zentimeter entfernt, ein Buch. Da ich am Abend zuvor zu nervös gewesen war, hatte ich vorm Einschlafen nicht gelesen. Ich griff nach dem Buch und versuchte den Titel durch benebelte Morgenaugen auszumacchen: *Ich werde dich schon kriegen.*

Es war ein großformatiges Kinderbuch mit wenig Text, aber einer Unmenge von Bildern. Ich las es. Ein Ungeheuer von einem anderen Planeten kommt zur Erde, um einen kleinen Jungen zu fressen. Die Geschichte hatte einen lustigen, entzückenden Schluß, der mir gefallen hätte, hätte ich sie bei anderer Gelegenheit gelesen. Aber ich besaß keine Kinderbücher. Und ich hatte dieses da letzte Nacht nicht im Bett gelesen. *Ich werde dich schon kriegen.*

Als ich fertig war, legte ich das Buch beiseite und schaute zum Fenster hinaus. Was konnte ich tun? Die Polizei anrufen und einen nicht existierenden »Bruce Beetz« anzeigen, der mich terrorisierte? Ihn für einen Unfall abfinden, an dem er teilweise die Schuld trug? Auf seine nächste verrückte Handlung warten? Was wollte er mit »Ihr Scheißgesicht fressen« sagen?

Das Telephonbuch. John Cray! Alles, was in den letzten zwölf Stunden passiert war, war so verrückt, warum also *nicht* im Telephonbuch nachschlagen, um den Namen eines kleinen Jungen aus einem Schwarzweißtraum herauszufinden?

Es waren zwei »John Crays« und ein »J. Cray« aufgeführt. Es war ein früher Sonntagmorgen. Zeit genug, um sie alle anzurufen und es herauszufinden.

Ich hob den Hörer ab und wählte den ersten an. Die Stimme, die antwortete, gehörte eindeutig einem Schwarzen und nicht demjenigen, den ich suchte, aber ich wollte hören, daß er mehr als bloß »nein« sagte, daher –

»Ist dort John Crayon?«

»*Crayon?* Nein, John Cray, Lady, John Tyrone *Cray*. Was für 'n Namen ist das, Crayon? Bilden Sie sich ein, dies sei die *Sesamstraße*? Sie haben die falsche Nummer, Vögelchen.« Er lachte und hängte ein.

Auf die nächste Cray-Nummer im Telephonbuch meldete sich die gebrechliche Stimme einer alten Frau, die sagte, daß ihr Mann John vor sechs Monaten gestorben sei.

Ich wählte »J. Cray« an, ohne große Erwartungen. Es meldete sich wieder eine Frauenstimme.

»Kann ich bitte mit John Cray sprechen?«

»Er ist im Augenblick nicht da. Kann ich ihm etwas ausrichten?«

»Nein, ich rufe später an.« Ich lächelte und legte auf.

Nachdem ich mich einige Stunden in der Wohnung beschäftigt hatte, ging ich los, um in meinem Lieblingsrestaurant zu essen.

Beim sonntäglichen Brunch im *Chez Uovo* gibt man auf eine angenehme Art und Weise sieben Dollar aus. Ist man ein paarmal dort gewesen, wird man begrüßt, als gehöre man dazu und man bekommt ein Gratisdessert serviert, wenn ihre Pasteten frisch aus dem Ofen kommen oder wenn man traurig dreinschaut.

Ich saß gern am Fenster, um den lautlosen Fußgängerverkehr auf dem Gehsteig zu beobachten. So früh am Nachmittag war das Lokal halbleer. Kaum hatte ich an meinem Stammtisch Platz genommen, kam Walter, der Oberkellner, herbei und stellte einen Drink vor mich hin.

»Was ist das?«

»Ich soll es Ihnen nicht verraten, Anthea. Trinken Sie es nur und lassen Sie sich überraschen.«

Ich besah mir das Glas und lächelte. Es war ein *Kir*, aber am Glasrand aufgespießt saß eine Zitronenscheibe: mein absolutes Lieblingsgetränk, doch wissen das nur wenige. Der letzte Mensch, dem ich davon erzählt hatte, war mein alter Freund Victor Dixon. War *er* da?

»Von wem kommt der, Walter?«

»Auch das soll ich Ihnen eigentlich nicht verraten, aber ich tu's trotzdem. Von dem Burschen dort an der Bar mit der tollen Gaultier-Jacke.«

Ich blickte auf und sah einen Mann an der Bar, der mir den Rücken zuwandte. Er hatte dunkles Haar und trug ein preiselbeerrotes Jackett mit schwarzen kyrillischen Lettern auf dem Rücken. Es war angeberisch, aber zugleich sehr schick. Victor Dixon trug niemals so schicke Klamotten.

»Wer ist das, Walter?«

»Keine Ahnung. Er bestellte bloß den Drink und sagte, Sie würden ihn mögen. Gab mir fünf Dollar dafür. Duddlehö.« Walter schlenderte fort und pfiff das Lied »Love is in the Air«.

Wer war er? Woher kannte er meinen geheimen, geliebten

Drink? Die ganze Zeit, während ich darauf wartete, daß er sich umdrehte, spürte ich einen heißen, sexy Stein der Erwartung im Magen. Aber er wollte und wollte sich nicht umdrehen. Schließlich ärgerte ich mich ein bißchen über das Warten. Er tat geheimnisvoll und das war sexy, aber lange Spielchen gefallen mir nicht, darum schaute ich wieder zum Fenster hinaus.

»Darf ich mich zu Ihnen setzen?«

Ich drehte mich um und sah, durch seine plötzliche Nähe erschreckt, nur das glatte dunkle Haar und die Pilotenbrille. Nein, er hatte auch ein gutes Kinn. Ein kräftiges, eckiges Kinn.

»Woher wissen Sie, daß ich Kir mit Zitrone mag?«

Er nahm die Brille ab. Es war Bruce Beetz.

»Ich weiß eine ganze Menge über Sie, Anthea. Sie bewahren Ihr Diaphragma in einem violetten Plastikbehälter in dem Nachtkästchen neben dem Bett auf. Essen nur Thunfisch der Marke ›Hummel‹ und schnarchen beim Schlafen leicht. Wollen Sie noch was wissen? Ihr Vater heißt Corckie, Corckie Powell. Die Mutter ist gestorben, ein Bruder und zwei Schwestern. Ich weiß eine ganze Menge über Sie, Anthea.«

»Wieso?«

Er zuckte lächelnd die Schultern. »Ich muß was über meine Leute wissen.«

»Wieso gehöre ich zu Ihren Leuten, John?«

Er hörte auf zu lächeln. Nun war ich an der Reihe.

»So heißen Sie doch, nicht wahr? John Cray.«

»Woher wissen Sie das?«

Meine Hand zitterte auf meinem Schoß. Ich preßte sie fest zusammen, dann entspannte ich mich. »Ich habe Sie geträumt. Ich weiß nicht, ob Sie aus meinem Traum kamen oder in ihn hineingerieten.«

Er erhob sich. »Wovon zum Teufel reden Sie?«

»Wo haben Sie Ihr weißes Haar gelassen, John Cray? Ist es mit Bruce Beetz verschwunden?«

Er wies mit dem Finger auf mich. »Ich habe Sie beobachtet! Ich weiß eine Menge über sie, Anthea!«

Ich zuckte lächelnd die Schultern. »Also war unser Unfall keineswegs so zufällig?«

Er durchschnitt die Luft mit dem Finger. »Wir machen keine Fehler. Wir wählen immer die richtigen Leute aus!«

»Vielleicht gehöre ich nicht zu den Leuten.«

Walter sah zu, wie Cray ging, dann kam er zu mir.

»Das war eine schnelle Romanze. Was haben Sie ihm erzählt, Anthea: daß Sie *Aids* haben?«

Ich trank den *Kir* aus und hielt ihm das Glas zum Nachfüllen hin.

»So ähnlich. Kannten Sie ihn schon früher, Walter?«

»Nee. Aber er ist wirklich ein gutaussehender Bursche.«

»Sie meinen, eine gutaussehende Frau.«

Walter sah echt überrascht drein. »Nein! Ich bin ein Champion beim Erraten, wer heutzutage wer ist. Sie können mir nicht einreden, daß das eine Frau war, Anthea.«

Ich nickte und hielt ihm das Glas hin. »Es war eine Frau. Sie ist heftig bemüht, *nicht* als eine zu gelten, aber ihr Kinn verrät sie. Es ist zu weich.«

»Dein ›John Cray‹ ist in Wahrheit Joanne Cray. Sie lebt mit einer anderen Lesbe namens Petra Hackett zusammen. Wahrscheinlich die auf dem Fahrrad in jener Nacht. Sie haben Situationen wie diese, auf die sie schon früher zurückgegriffen haben, eingeübt. Beide sind erfolglose Schauspielerinnen. Daher haben die beiden ein florierendes Unternehmen aufgezogen, indem sie ihre Opfer so erschrecken, bis diese alles tun, was man von ihnen will. Das ist heutzutage ein einträgliches Gewerbe.«

»Wie jagen sie ihnen einen Schreck ein?«

Er schlug die Beine übereinander und nahm noch eine von meinen Zigaretten. »Was es alles gibt. Hauptsächlich ›Großer Druck‹.«

»Was ist ›Großer Druck‹?«

»Erpressung. Ich habe gehört, daß sie einmal ein Kind entführt haben sollen, aber das ist nur ein Gerücht. Sie spezialisieren sich darauf, Leuten eine solche Furcht einzujagen, daß sie was anstellen. Wie sie es mit Ihnen versucht haben.« Er lachte und lehnte sich auf dem Stuhl zurück. »Lieber Gott, wenn sie nur wüßten, auf wen sie sich da eingelassen haben, eh?«

Ich strich meinen Rock glatt und schob das Haar hinter das Ohr zurück. »Was sonst?«

Er sah auf den Notizblock auf seinen Knien. »Keine von beiden ist vorbestraft, weil sie so viele Verkleidungen benutzen. Die meisten Leute halten sie für Männer! Sie wechseln auch immer die Städte, ziehen viel um. Aber sie haben einen guten Ruf.«

»Sind sie was für uns? Sind Sie sicher?«

»Sie sind absolut was für uns. Keine Frage.«

Ich nickte, daß er gehen könne. »Kann ich sonst etwas für Sie tun, Mrs. Powell?« Er war eifrig bemüht, mir zu Diensten zu sein, eine seiner wenigen netten Eigenschaften. Sonst war er bloß eine kleine schnüffelnde Ratte, die für mich arbeitete, wenn ich es ihm erlaubte.

»Nein, danke. Sie hören von mir.«

Er verbeugte sich, den Hut in der Hand, und ging.

Ich lehnte mich auf dem Stuhl zurück und schaute zum Fenster hinaus. Ich wollte mich mit eigenen Augen überzeugen, ehe ich sie »rekrutierte«. Die Meinungen anderer sind nicht immer meine eigenen. Mir gefiel der Wagen in der Badewanne und das Buch auf dem Bett, aber das waren vielleicht nur Augenblickseingebungen – wie bei dem Tenor, der einmal das hohe C erreicht, seine übrige Karriere jedoch erfolglos damit verplempert, es noch einmal zu schaffen. Wahre Eingebung hat nichts mit Glück zu tun – das ist Genie. Nur Genies hatten Zutritt.

Daher beobachtete ich sie. Bruce Beetz/John/Joanne Cray bevorzugten die sexy Masche. Sie machte als Mann Leute in einer Bar an, nahm sie entweder allein nach Hause mit oder zu Peter (Petra), wo sie eine Show abzogen, die ebenso heiß war wie für das nichtsahnende Opfer peinlich. Simple Dinge – ein paar Aufnahmen, ein paar Tage später gefolgt von der Drohung, damit herumzuwedeln wie mit einer libyschen Flagge, falls der Betreffende nicht tat, was man von ihm verlangte.

Interessanter jedoch war, daß die Mädchen nicht immer Geld oder die Dinge wollten, die auf der Hand lagen. Manchmal ging es einfach nur um Erniedrigung. Sie zwangen eine hochnäsige Frau dazu, nackt durch ein Einkaufszentrum zu spazieren, bis sie wegen Erregung öffentlichen Ärgernisses verhaftet wurde. Ein armer Kerl mußte einen offensichtlichen Verführungsversuch bei seinem Sohn unternehmen, womit er ein lebenslanges wunderbares Verhältnis in ein paar höllischen Augenblicken zerstörte.

Eines Nachmittags, als ich in meinem Wagen vor ihrem Wohnhaus saß, schlief ich ein und träumte wiederum von dem Kind und der geheimnisvollen Stadt. Nur waren es diesmal zwei Kinder – John Cray und Peter Hackett. Beide hielten mich an der Hand, und wir spazierten frohgestimmt durch die anonymen, langweiligen Straßen.

»Wie lange dauert es noch, Anthea?«

»Bald, John. Nur noch ein paar Häuserblocks, glaube ich.«

»Und darf ich auch mitkommen?«

»Gewiß. John fragte und ich sagte ja.«

John sah Peter an und ging um mich herum, um den Arm um seinen Freund zu legen.

»Anthea hält immer ihr Wort.« Die beiden blickten mich lächelnd an. Ich lächelte zurück.

Ich weiß, ich bin keine gute Geschichtenerzählerin. Ich könnte es sein, aber es interessiert mich nicht. Ich lasse Sachen absichtlich aus oder übergehe andere, wenn sie mich nicht interessieren. Ich bin eine furchtbare Witzeerzählerin.

Jedenfalls langweilt mich diese Stimme. Ich bin nicht Anthea Powell, auch wenn mich ihre Furcht und ihre Schwäche interessieren (und andere aufwiegelt). Ich habe sie oft benutzt, wenn ich auf meinen ... Ausflügen hierherkomme.

Habe ich Sie verwirrt? Gut! Haben Sie noch ein wenig Geduld, und bald werden Sie alles erfahren. Ich hätte mir das alles bis zum Schluß aufsparen können. Aber ich möchte, daß Sie jetzt die Stirn runzeln, daß Sie wissen, daß mit Ihrem Fallschirm etwas nicht in Ordnung ist, ehe Sie wirklich die Reißleine ziehen und beten, daß er sich öffnet. P.S.: Er wird sich nicht öffnen.

Ich habe sie wochenlang beobachtet. Beide Frauen waren sehr geschickt darin, der Welt beizubringen, daß nichts einen Sinn hat und daß die Grausamkeit oft in neuen Farben auftritt. Es ist eine Begabung, aber in diesen Tagen verstehen sich immer mehr Leute darauf. Nur die Falschen überleben. Vielleicht kann man es mit dem Hollywood der dreißiger Jahre vergleichen – viele schöne Frauen färbten sich das Haar wie Jean Harlow, saßen bei Schwabs's herum und warteten darauf, entdeckt zu werden, aber nur wenige von ihnen schafften den Sprung zum Film.

Sobald ich genug gesehen hatte, tötete ich Petra Hackett. Sie war in diesen Dingen nicht so gut wie ihre Geliebte, und es war wirklich nur Platz für eine. Ich brachte sie in ihrer Wohnung um, während Joanne über das Wochenende fort war.

Als sie am Sonntagabend zurückkehrte, fand sie den Tisch festlich gedeckt mit all ihrem Silber und Leinen und dem besten Kristall. Ich hatte ein Abendessen mit fünf Gängen vorbereitet, dessen Höhepunkt ein fünfundzwanzig Pfund schwerer Truthahn war. Petra saß mit einem malvenfarbenen Seidenkleid auf ihrem

Stuhl, den gut durchgebratenen, noch immer dampfenden Truthahn über den Kopf gestülpt.

Aber Joanne bestand die Prüfung mit fliegenden Fahnen! Sie kam herein und blickte ungerührt auf die Trümmer ihres Lebens. Ich kam mit einer Kochmütze aus der Küche und brachte die Pastete herein.

»Bist du hungrig? Es gibt so viel zu essen.«

Sie schaute mich an. »Ist sie tot?«

»An einem Fiat erstickt.« Ich deutete auf meinen Hals. »Ein kleiner weißer Wagen blieb ihr im Hals stecken. Dasselbe, woran Tennessee Williams starb. Erinnerst du dich?«

»Wer bist du?«

»Anthea! Eines deiner Opfer, Joanne!«

Sie lächelte wehmütig. »Diesmal waren meine Nachforschungen nicht sehr gründlich, nicht wahr?«

Ich schlug die Hände vors Gesicht. Gespieltes Entsetzen. »Nein, ganz im *Gegenteil*! Diesmal hast du das Glückslos gezogen. Das ist der eigentliche Grund für dein Verhalten die ganze Zeit über. Ihr zwei habt nach mir Ausschau gehalten! Willst du es sehen?«

Schüchtern fragte sie: »Etwas, was ich sehen will? Ich habe nach *dir* Ausschau gehalten? Das ist komisch.«

»Absolut, Komm, ich zeig' es dir.« Ich griff hinüber und faßte sie an der Hand. Sie war warm und trocken. Ich führte sie aus der Wohnung und die Stufen zur Eingangstür hinunter. »Ahnst du wirklich nicht, wohin wir gehen?«

Sie zuckte die Schultern. »Vielleicht, aber ich bin mir nicht sicher.«

»Wir sind beinahe da. Es ist bloß um die Ecke.«

Als wir wieder im Freien waren, spürte ich, wie die Hand in meiner zusammenschrumpfte, bis sie nur so groß wie die eines Kindes war. Ich blickte auf den kleinen Jungen mit dem weißen Haar hinunter und drückte ihm die Hand.

»Was ist mit Peter, Anthea? Du sagtest, er könne auch kommen.«

»Nun ja, manchmal muß ich ein bißchen lügen. Ich glaubte, er könne, aber er kann nicht. Bist du deswegen zornig?«

Er schüttelte den Kopf. »Nee, er ist ein Knilch. Wie lange noch?«

»Zwei Minuten.«

In beinahe genau zwei Minuten waren wir angelangt. Wir betraten das Gebäude und gingen einige Stufen zur Kellertür hinunter. Ich öffnete sie mit einem Schlüssel, und wir betraten einen fast schwarzen Raum.

»Ich sehe nichts, Anthea!«

»Keine Sorge, Liebling, ich weiß, wohin ich gehe.«

Ich führte uns quer durch den Raum, eine Hand vor mir ausgestreckt, damit wir uns nicht irgendwo anstießen. Knapp vor der gegenüberliegenden Wand berührte ich die Leiter. »Wir sind da.«

Ich drehte ihn um und legte seine kleinen Hände auf die erste Sprosse. »Fang nur an zu klettern. Es sind fünfundzwanzig Sprossen hinauf. Wirklich leicht.«

Er kletterte hoch. Ich folgte knapp hinter ihm, für alle Fälle. Auf halbem Wege roch es sehr süß und so schwer nach Zuckerwerk, daß man davon beinahe krank werden konnte.

»Riecht nach Kuchen.«

»Nur weiter, Liebling. Gleich sind wir da.«

»Ich bin da! Ich spüre die Decke.«

»Nimm ein Stück und probier es. Es ist deine Lieblingsnascherei.«

»Schokolade! Es ist ein Schokoladekuchen, Anthea!«

»Das stimmt, John. Jetzt durchstoß ihn. Alle warten auf dich.«

Ich vernahm einen weichen, schmatzenden Laut, und von oben strömte ein Schwall weißen Lichts herein. Unzählige Stimmen jubelten auf.

Der Junge hatte das Ende der Leiter erreicht. Ich folgte ihm, kletterte ans Licht. Die Leute feuerten ihn an. »Hurra, John!«

Ich betrachtete sie alle. Jeden, der nach erfolgreich getaner Arbeit hier zu sein verdiente. Wunderbare Seelen. Die Scheiße der Erde.

»Die Toten lieben dich, John. Willkommen daheim!«

Freund des Menschen

Es stand in allen Zeitungen. Zwei trugen sogar dieselbe Schlagzeile: *»Der beste Mensch des Freundes!«* Ich bekam das alles aber erst viel später zu Gesicht, erst als ich schon eine Zeitlang aus dem Krankenhaus zurück war und der Schock nachzulassen begonnen hatte.

Nachher tauchten plötzlich unzählige Augenzeugen auf. Ich erinnere mich aber nicht, an jenem Tag irgend jemanden in der Nähe gesehen zu haben: nur mein Freund und ich und ein sehr langer Lastzug.

Freund ist ein sieben Jahre alter Jack-Russell-Terrier. Er sieht wie ein Straßenköter aus: stämmige Beine, unbestimmbare weißbraune Färbung, ein ziemlich gewöhnliches Hundegesicht, gekrönt von intelligenten, bezaubernden Augen. Aber um die Wahrheit zu sagen, Jack Russells sind selten, und ich mußte eine Menge Geld für ihn hinblättern. Obwohl ich bis vor kurzem für überflüssige Ausgaben kaum Geld hatte, gehörte es seit jeher zu meinen Eigenarten, das Beste zu kaufen, wann immer ich es mir leisten konnte.

Als es Zeit war, einen Hund zu kaufen, machte ich mich auf, nach einem wirklichen *Hund* zu suchen. Nicht eine von diesen Frou-Frou-Rassen, die ständig getrimmt und gebürstet werden müssen. Ich wollte auch nicht eines von diesen modisch-schicken Wesen, die aus Estland oder irgendeiner seltsamen Gegend kommen und mehr wie ein Krokodil als ein Hund aussehen. Ich suchte Tierheime und Tierzüchter ab und fand Freund schließlich durch eine Anzeige in der Hundezeitschrift. Das einzige, was ich an ihm nicht auf Anhieb mochte, war sein Name: Freund. Er war zu kitschig und paßte nicht zu einem Hund, der aussah, als würde er sich mit einer Maiskolbenpfeife im Maul wohl fühlen. Selbst als Welpe war er von niedrigem Körperbau und sah struppig-stämmig aus. Er war ein »Bill«, ein »Ned«. »Jack« hätte ebenfalls zu ihm gepaßt, hätte er diesen Namen nicht bereits als Rasse gehabt. Die Frau, die ihn mir verkaufte, sagte jedoch, daß er den Namen aus einem ganz bestimmten Grund hatte: Wann immer er bellte (was höchst selten der Fall war), klang es wie das Wort »Freund«. Ich war skeptisch, aber sie hatte recht. Während seine Brüder und Schwestern kläfften und jaulten, stand dieser Bursche fest auf den

Beinen und wiederholte immer wieder: »Freund! Freund! Freund!«, während er mit dem Schwanz wedelte. Die Sache klang merkwürdig, aber ich mochte ihn dafür nur um so mehr. Deshalb blieb es bei »Freund«.

Es erfüllte mich immer mit Staunen, wie gut Hunde mit Menschen auskommen. Sie treten so wohltuend in ihr Leben, wählen sich einen Stuhl aus, auf dem sie schlafen können, erraten ihre Launen und können sich ohne Schwierigkeit auf eine Art zusammenrollen, die höchst seltsam und ungeeignet erscheint. Von Anbeginn an schlafen sie mühelos auf fremdem Territorium ein.

Ehe ich fortfahre, muß ich gestehen, daß ich in Freund nie etwas Spezielleres oder Selteneres als einen sehr guten Hund sah. Er war aufgeregt, wenn ich von der Arbeit heimkam, und liebte es, den Kopf auf mein Knie zu legen, wenn ich vor dem Fernseher saß. Er war jedoch nicht der Wunderhund Jim: Er konnte weder zählen noch ein Auto lenken, noch beherrschte er andere Wunderdinge, von denen manchmal in Zeitungen über Hunde berichtet wird, die »besondere« Fähigkeiten zu haben scheinen. Freund mochte ebenfalls Rühreier, und er begleitete mich beim Joggen, solange es nicht regnete und ich nicht zu weit lief. Ich hatte in jeder Hinsicht genau das erhalten, was ich wollte, einen Hunde-Hund, der einen kleinen Teil meines Herzens mit seiner Treue und Freude mit Beschlag belegte. Einer, der niemals besondere Gegenleistung verlangte, außer ein paar nicht zu seltene Streicheleinheiten und einen Winkel im Bett, in dem er schlafen konnte, wenn es kalt wurde.

Der Tag, an dem es geschah, war sonnig und klar. Ich zog meinen Trainingsanzug und die Sportschuhe an und machte ein paar Streckübungen. Freund sah dem allem von seinem Stuhl aus zu, als ich mich zum Fortgehen bereit machte, sprang er herunter und begleitete mich zur Tür. Ich öffnete sie, und er warf einen Blick auf das Wetter.

»Möchtest du mitkommen?« Wenn er nicht wollte, legte er sich üblicherweise auf den Boden und rührte sich nicht mehr, bis ich zurückkam. Diesmal aber wedelte er mit dem Schwanz und begleitete mich nach draußen. Ich war froh über seine Gesellschaft.

Wir liefen zunächst den Hügel hinunter zum Park. Freund liebte es, neben mir herzulaufen, vielleicht einen halben Meter entfernt. Als er noch klein war, war ich ein paarmal über ihn gestolpert, da er die Gewohnheit hatte, meinen Weg zu kreuzen, in der Erwartung, daß ich stets wußte, wo er sich zu dem Zeitpunkt aufhielt. Ich gehöre aber zu jenen Joggern, die, wenn sie unterwegs sind, auf alles andere achten als auf die eigenen Füße. Die Folge waren einige gewaltige Zusammenstöße und wildes Jaulen, was ihn meinem Orientierungssinn gegenüber mit Mißtrauen erfüllte.

Wir kreuzten die Ober Road und liefen durch den Harold Park auf die Eisenbahngeleise zu. Sobald wir sie erreicht hatten, würden wir rund eineinhalb Meilen neben ihnen herlaufen, bis wir bei der Station waren, und dann langsam in einem Bogen nach Hause zurückkehren.

Freund kannte die Strecke so gut, daß er es sich leisten konnte, unterwegs anzuhalten, sowohl um sich zu erleichtern, als auch um neue interessante Anblicke oder Gerüche zu erforschen, die es bei unserem letzten Ausflug hierher noch nicht gegeben hatte.

Ab und zu fuhr ein Zug vorbei, aber man konnte ihn schon von fern hören, und es war Zeit genug, zur Seite zu gehen und ihm im weiten Bogen auszuweichen. Es gefiel mir, wenn sie vorbeikamen; ich hörte gern, wie sie hinter einem dahergerumpelt kamen und vorbeifuhren, während man geschwinder lief, um herauszufinden, wie lange man mit der Lokomotive mithalten konnte. Einige Lokomotivführer kannten uns und ließen im Vorbeifahren ihre schrillen Pfiffe ertönen. Ich mochte das und Freund auch, wie ich glaube, da er immer stehenblieb und ein paarmal bellte, bloß um sie wissen zu lassen, wer der Herr war.

An jenem Morgen befanden wir uns auf halbem Wege zur Station, als ich einen kommen hörte. Wie immer blickte ich mich suchend nach Freund um. Er lief ein paar Meter entfernt munter dahin, seine Zunge ein rosa Streifen, der ihm seitlich aus dem Maul hing.

Als sich das ungeheure Rattern des Zuges näherte, bemerkte ich, wie etliche hundert Meter vor uns ein Wagen die Gleise kreuzte. Wie dumm vom Fahrer, wenn er wußte, daß ein Zug so nahe war! Warum hatte er es so eilig? Als dieser Gedanke zu Ende gedacht war, fühlte ich den Zug nahe hinter meiner linken Schulter. Ich blickte nach rechts, um wieder nach Freund Ausschau zu halten, aber er war nirgends zu sehen. Ich warf den Kopf hin und her, aber er war nicht da. In völliger Panik drehte ich mich um und sah ihn zwischen den Gleisen, wie er etwas beschnupperte, seine ganze Aufmerksamkeit darauf konzentriert.

»Freund! Hierher!«

Er wedelte mit dem Schwanz, ohne den Kopf zu heben. Ich rannte zu ihm hin und rief immer wieder:

»Freund! Verdammt noch mal, Freund!«

Der Klang meiner Stimme drang endlich zu ihm durch, denn als der Zug nur noch drei bis fünf Meter entfernt war und bereits zu bremsen begann, blickte er auf.

Ich rannte, so schnell ich konnte, und spürte, wie die Steine unter meinen Laufschuhen wegspritzten.

»Freund, geh weg!«

Er kannte die Worte nicht, aber der Tonfall verriet ihm, daß ihm was bevorstand. Er tat das Schlimmstmögliche: Er zog den Kopf zwischen den schmalen Schultern ein und wartete darauf, daß ich ihn holte.

Der Zug war da. In dem Augenblick, ehe ich sprang, wußte ich, daß ich die Wahl hatte, aber ich hatte sie bereits getroffen, ehe ich mich in Bewegung setzte. Auf meinen Freund zuspringend, beugte ich mich zu Boden und versuchte ihn aufzuheben und zugleich aus dem Weg zu rollen. Und beinahe wäre es mir geglückt. Es wäre mir beinahe geglückt, bis auf mein Bein, das steckenblieb, als ich sprang, und von den riesigen Rädern glatt abgetrennt wurde.

Ich lernte Jasenka im Krankenhaus kennen. Jasenka Ciric. Niemand konnte Ja-sen-ka aussprechen, daher hatten sie die Leute ihr ganzes Leben lang »Jazz« gerufen.

Sie war sieben Jahre alt und hatte den Großteil ihres Lebens an die eine oder andere ominöse Maschine angeschlossen verbracht, die ihr half, eine lange, aussichtslose Schlacht gegen ihren unzuverlässigen Körper zu kämpfen. Ihre Haut hatte die Farbe einer weißen Kerze in einem dunklen Zimmer, ihre Lippen das Violett ausländischen Geldes. Ihre vielen Krankheiten machten sie ernsthaft, während ihre Jugend dafür sorgte, daß sie heiter und hoffnungsvoll blieb.

Weil sie so viel Zeit in Krankenhauszimmern liegend verbracht hatte, umgeben von fremden Gesichtern, weißen Wänden und ein paar Bildern an den Wänden, hatte sie nur zwei Hobbys: Lesen und Fernsehen. Wenn sie fernsah, zog sich ihr Gesicht zusammen und versank dann in völligem Ernst und Konzentration: eine Familienangehörige, die zum ersten Mal das Testament eines anderen liest. Wenn sie aber las, ganz gleich welches Buch, war ihr Gesicht ausdruckslos und von allem entleert.

Ich lernte sie kennen, weil sie von Freund und mir in den Zeitungen gelesen hatte. Eine der Schwestern kam eine Woche, nachdem es passiert war, in mein Zimmer und fragte, ob ich willens sei, Jazz Ciric zu empfangen. Als sie mir von dem Mädchen und ihrer Lage erzählte, stellte ich mir einen kranken Engel in der Art von Shirley Temple oder zumindest Darla in *The Little Rascals* vor. Statt dessen hatte Jasenka Ciric ein eigenartiges, interessantes Gesicht, in dem alles spitz und zu eng beisammen war. Ihr dickes Haar kräuselte sich wie die Polsterfüllung in alten Möbeln und hatte ungefähr dieselbe Färbung.

Die Krankenschwester stellte uns einander vor und setzte dann ihren Rundgang fort. Jazz ließ sich in dem Stuhl neben meinem Bett nieder und sah mich prüfend an. Ich hatte noch immer große Schmerzen, hatte aber schon vorher beschlossen, etwas weniger Selbstmitleid hochkommen zu lassen. Dieser Besuch sollte mein erster Schritt in diese Richtung sein.

»Was ist dein Lieblingsbuch?«

»Ich weiß nicht. Ich glaube *Der große Gatsby*. Und deines?«

Sie zuckte die Schultern und machte mit der Zunge tst, als läge die Antwort auf der Hand.

»*Ladies With Their Nightgowns on Fire.*«

»Das ist ein Buch? Wer hat es geschrieben?«

»Egan Moore.«

Ich lächelte. *Mein* Name ist Egan Moore. »Wie geht die Geschichte?«

Sie blickte mich sehr gründlich an und begann dann, eine dieser endlos abschweifenden Geschichten zu spinnen, die nur ein Kind lieben kann.

»Dann sprangen die Ungeheuer von den Bäumen und verschleppten sie alle in die böse Burg, wo Scaldor der Böse König...«

Was mir daran gefiel, war die Art und Weise, wie sie die Geschichte im weiteren Verlauf szenisch darstellte. Scaldor schielte fürchterlich, was Jazz mit Perfektion demonstrierte. Als sich jemand heranschlich, zogen sich ihre Finger zu einer Hexenklaue zusammen und gingen auf Zehenspitzen wie Teufelchen durch die Luft, die uns trennte.

»...Und dann kamen sie *gerade* rechtzeitig zu ihrer Lieblingsfernsehsendung heim.« Sie lehnte sich zurück, müde, aber offenkundig mit ihrer Vorstellung zufrieden.

»Klingt, als wäre es eine großartige Geschichte. Ich wünschte, ich *hätte* sie geschrieben.«

»Ja, das ist sie, Kann ich dich jetzt etwas fragen?«

»Nur zu.«

»Wer kümmert sich jetzt um Freund?«

»Meine Nachbarin.«

»Haben Sie ihn seit dem Unfall gesehen?«

»Nein.«

»Sind Sie ihm böse, weil er schuld daran ist, daß Sie Ihr Bein verloren haben?«

Ich dachte eine Minute lang nach, um zu entscheiden, ob ich zu ihr wie zu einem Kind oder wie zu einer Erwachsenen reden sollte. Ein rascher Blick in ihr Gesicht verriet, daß sie wie eine Erwachsene behandelt werden wollte, sie hatte keine Zeit zum Herumspielen.

»Nein, ihm bin ich nicht böse. Ich glaube, ich bin irgend jemandem böse, aber ich weiß nicht, wem. Ich weiß nicht, ob irgendwer Schuld hatte. Freund bin ich ganz gewiß nicht böse.«

Sie kam mich dann jeden Tag besuchen. Gewöhnlich irgendwann am Vormittag, wenn wir beide vom Schlaf erfrischt und guter Laune waren. An Vormittagen war alles in Ordnung, aber an den meisten Nachmittagen nicht. Aus irgendeinem Grund kam die Ungeheuerlichkeit dessen, was mir zugestoßen war, und wie es mein weiteres Leben beeinflussen würde, mit dem Tablett, auf dem das Mittagessen serviert wurde, durch die Tür und blieb bei mir, lange nachdem die Besuchszeit zu Ende war. Ich dachte an solche Dinge wie an den Vogel, der den ganzen Tag bloß auf einem Bein stand. Oder an den Witz über den Einbeinigen beim Arschtrittwettbewerb. Ich dachte über den Umstand nach, daß Wörter wie »treten« nicht mehr länger zum Vokabular meines Körpers gehören würden. Ich wußte, daß man schon außerordentlich gute Beinprothesen anfertigte – die Wissenschaft auf dem Vormarsch! –, aber das war ein geringer Trost, Ich wollte zurückhaben, was mir gehörte: nicht etwas, das mich bestenfalls »so gut wie neu« machen würde, wie sich der Therapeut jedesmal ausdrückte, wenn wir davon sprachen.

Jazz und ich wurden gute Freunde. Sie verschönte mir die Tage im Krankenhaus und erweiterte meinen Horizont. In meinem Leben habe ich nur zwei todkranke Menschen gekannt, meine Mutter und Jasenka. Beide blickten mit denselben drängenden und doch dankbaren Augen in die Welt. Wenn nicht mehr viel Zeit übrig ist, scheint es, daß sich das Sehvermögen der Augen verzehnfacht. Die Dinge, die sie sehen, sind häufig Einzelheiten, die vorher ignoriert wurden, die aber plötzlich ein wichtiger Teil dessen sind, was die Szene vervollständigt. Bei ihren Besuchen in meinem Zimmer waren Jazz' Beobachtungen über Leute, die wir beide kannten, oder die Art und Weise, wie Licht in Blättern verschiedener Größe durch die Fenster drang... ebenso reif wie mitreißend. Im Sterben hatte sie flugs das Auge einer Dichterin, einer Zynikerin, einer Künstlerin für die Welt um sich entwickelt, so klein sie auch war.

Am ersten Tag, als ich nach draußen gehen durfte, überraschte mich meine Türnachbarin Kathleen damit, daß sie Freund zur Begrüßung ins Krankenhaus mitbrachte. Hunde waren auf dem Krankenhausgelände eigentlich nicht erlaubt, aber unter diesen Umständen hatte man eine Ausnahme gemacht.

Ich freute mich, den alten Burschen zu sehen, und es dauerte überraschend lange Zeit, ehe ich mich daran erinnerte, daß er der Grund für mein Hiersein war. Er versuchte immer wieder, auf meinen Schoß zu kriechen, und das hätte mir auch gefallen, wenn nicht sein Bemühen, dorthin zu gelangen, meinem Bein solche Schmerzen bereitet hätte. So warf ich ihm unzählige Male den Ball zu, während ich mit Kathleen plauderte. Eine halbe Stunde später fragte ich die Krankenschwester, ob es möglich wäre, daß Jazz herunterkäme, um meine Freunde kennenzulernen.

Das wurde arrangiert, und bis zu den Ohren in Decken gehüllt, wurde Ms. Ciric Seiner Hoheit, Freund Moore vorgestellt. Sie schüttelten einander feierlich die Hand (Freunds einziger Trick – er liebte das »Händeschütteln!«), und er erlaubte ihr, ihn am Kopf zu streicheln, während wir vier dasaßen und uns der milden Nachmittagssonne erfreuten.

Der Arzt hatte mich ermutigt, auf meinen Krücken einen kleinen Spaziergang zu unternehmen, so daß ich eine halbe Stunde später, während Jazz Freund an ihrer Seite hielt, meine neuen Aluminiumkrücken ausprobierte, Kathleen für alle Fälle an meiner Seite.

Es war nicht der richtige Moment dafür. In glücklicheren Tagen hatte ich viele angenehme Stunden damit verbracht, mir auszumalen, wie es wäre, mit Kathleen zu leben. Ich glaube, daß sie mich auch mochte, obwohl wir noch gar nicht sehr lange Nachbarn waren. Vor dem Unfall hatten wir mehr und mehr Zeit miteinander verbracht, und das war mir sehr recht. Ich hatte mich bemüht herauszufinden, wie ich mich ihrem Herzen nähern könnte. Aber jetzt, wenn ich es wagte, von dem trügerischen Boden vor mir aufzusehen, erkannte ich, daß ihr Gesicht ein falsches Bemühen und Mitgefühl zeigte. Stärker als je vorher oder nachher wurde ich meines Verlusts gewahr.

Der Tag war verdorben, aber ich bemühte mich nach besten Kräften, das vor Kathleen zu verbergen. Ich erklärte, ich sei müde und mir sei kalt. Würde es ihr etwas ausmachen, wenn wir zu Jazz und Freund zurückkehrten? Aus einiger Entfernung wirkten die beiden so still und ernst: Sie sahen aus wie die frühen Photographien von Leuten, die im amerikanischen Westen lebten.

»Was habt ihr zwei getrieben?«

Jazz schirmte die Augen mit einer Hand ab. Die andere ruhte auf Freunds Köpfchen. Ich bemerkte, daß er näher an ihren Stuhl herangerückt war.

»Nichts. Nur gegessen.«

»Also, ich glaube, es ist an der Zeit hineinzugehen, nicht wahr, Jazz?«

Kathleen warf mir einen prüfenden Blick zu, um herauszufinden, womit sie es verdient hatte, auf eine so wenig subtile Weise weggeschickt zu werden. Ich wich ihren Augen aus.

Zwanzig Minuten später lag ich wieder im Bett und fühlte mich ungezogen, hilflos, verloren. Das Telephon neben mir läutete. Es war Jazz.

»Egan, Freund wird dir jetzt helfen. Er hat es mir heute gesagt, als du mit Kathleen spazierengingst. Er sagte, ich dürfe es dir mitteilen.«

»Wirklich? Was hat er vor?« Ich lächelte, denn ich glaubte, sie begänne am Telephon wieder mit einer ihrer krausen Geschichten. Ich hörte ihre Stimme so gern, hatte es so gern, wenn sie bei mir im Zimmer war.

»Er hat eine ganze Menge vor. Er sagt, er hat darüber nachgedacht, was er am besten für dich tun könnte, aber jetzt weiß er es. Ich darf es dir nicht verraten, weil es eine große Überraschung sein soll.«

»Wie klingt denn seine Stimme, Jazz?«

»Fast wie die von Paul McCartney.«

Kathleen und Freund kamen alle paar Tage zu Besuch. Meistens waren nur wir drei beisammen, ab und zu jedoch fühlte sich Jazz wohl genug, um herunterzukommen und sich uns anzuschließen. Wenn das der Fall war, saßen wir alle für eine Weile beisammen, bis ich mit Kathleen einen Spaziergang auf dem Grundstück unternahm.

Ich erwähnte nichts mehr davon, daß Freund mit ihr geredet habe, aber die Sache mit Paul McCartney ließ Kathleen in schallendes Gelächter ausbrechen, als ich ihr die Geschichte erzählte.

Kathleen erwies sich als wirklich nette Frau, die alles in ihrer Macht Stehende tat, um mir und Jazz das Leben zu verschönen. Natürlich führten diese Freundlichkeit und diese Rücksichtnahme dazu, daß ich mich völlig in sie verliebte, was die Sache nur komplizierter und schlimmer machte. Man merkte, daß das Leben einen äußerst zynischen Sinn für Humor hatte.

»Ich muß dir etwas gestehen.«

»Was?«

»Ich liebe dich.«

Augen weiteten sich vor Furcht. »Nein, nicht.«

»Oh, ich liebe dich aber, Egan.« Sagte sie zu mir. *Zu mir.* »Wenn du nach Hause zurückkommst, können wir dann zusammenleben?«

Ich blickte über den Rasen. Jazz und Freund waren weit drüben. Jazz hob langsam ihren Arm und schwenkte ihn hin und her: ihr Signal, daß alles in bester Ordnung war.

Die Nacht, bevor ich aus dem Krankenhaus entlassen wurde, ging ich zu einem letzten Besuch in Jazz' Zimmer. Irgendwas in ihrem Inneren hatte sie wieder im Stich gelassen, und sie sah entsetzlich müde und bleich aus. Ich saß neben ihrem Bett und hielt ihre kühle Hand. Obwohl ich versuchte, es ihr auszureden, bestand sie darauf, mir eine lange Fortsetzung über das Feuerschwein Slothack zu erzählen. Wie die Familie von Jazz stammte Sloothack aus Jugoslawien. Hoch, hoch oben in den Bergen, wo die Schafe auf den Hinterbeinen gingen und sich Geheimagenten aus aller Herren Länder hinter ihren Aufträgen versteckten. Jazz war von Geheimagenten besessen.

Ich hatte eine Reihe Sloothack-Geschichten gehört, aber diese letzte war bemerkenswert. Sie handelte von einem Panzer der

Nazis, den Plitvicer Seen, Onkel Vuk aus Belgrad und einem ledernen Fenster.

Als sie fertig war, sah sie noch blasser aus als zuvor. So blaß, daß ich mir ein wenig Sorgen um sie machte.

»Ist alles in Ordnung, Jazz?«

»Ja. Wirst du mich jede Woche besuchen, Egan, wie du es versprochen hast?«

»Ganz bestimmt. Wir kommen alle drei, wenn du es willst.«

»Das ist in Ordnung – am Anfang vielleicht nur du und Freund. Kathleen kann zu Hause bleiben, wenn sie müde ist.«

Ich lächelte und nickte. Sie war auf die neue »Frau in meinem Leben« eifersüchtig. Sie wußte, daß Kathleen und ich beschlossen hatten, den Versuch zu wagen, zusammenzuleben. Vielleicht hatte ich den Mut, auf mein Selbstmitleid zu verzichten und zu kämpfen, damit sich alles einrenkte. Ich fürchtete mich natürlich, war aber genauso aufgeregt und angefeuert durch die Chancen und Möglichkeiten.

»Darf ich dich anrufen, wenn ich dich brauche, Jazz?« sagte ich, weil ich wußte, daß es ihr gefiel zu hören, daß sie gebraucht wurde, selbst wenn sie schwach wie ein Mäuschen im Bett lag.

»Ja, du kannst mich anrufen, aber ich muß dich ebenfalls anrufen können, um dir mitzuteilen, was Freund sagt.«

»Ja, aber wie wirst du wissen, was er sagt? Er wird bei mir daheim sein.«

Sie blickte finster und rollte mit den Augen. Ich war wieder einmal sehr dumm. »Wie oft muß ich es dir noch sagen, Egan? Ich erhalte *Botschaften.*«

»Ja, richtig. Wie lautete die letzte?«

»Freund sagte, er würde dich und Kathleen zusammenbringen.«

»Freund hat das getan? Ich habe geglaubt, ich sei es gewesen.«

»Ja, du hast etwas dazu beigetragen, aber das übrige kommt von ihm. Er sagte, du brauchtest etwas Hilfe.« Sie sagte es mit voller Überzeugung.

Was mich in der Folgezeit am meisten überraschte, war der Umstand, wie rasch und einfach man sich an ein völlig anderes Leben gewöhnen konnte. Kathleen war kein Engel, aber sie gab mir all die Freundlichkeit und den Freiraum, den ich brauchte. Das bewirkte, daß ich mich ebenso geliebt wie frei fühlte, eine ziemlich bemerkenswerte Kombination. Im Gegenzug versuchte ich ihr zu geben, was ihr nach ihren Worten am meisten an mir gefiel –

Humor, Respekt und eine Art, das Leben zu sehen, die – ihr zufolge – zugleich ironisch und nachsichtig war.

In Wahrheit lebte ich zwei völlig neue Leben; eines als Partner, das andere als Behinderter. Es war eine sehr gefühlsbetonte, oft überwältigende Zeit, und ich weiß nicht, ob ich sie je wiederholen möchte, obwohl sie oft der Vollkommenheit so nahe war, wie ich ihr wohl kaum je wieder kommen werde.

Kathleen fuhr am frühen Morgen zur Arbeit und überließ Freund und mich uns selbst. Dann gingen wir gewöhnlich langsam die Straße zum Eckladen entlang, um dic Zeitung zu holen, und blieben eine Stunde oder zwei draußen in der Sonne im Patio. Den übrigen Tag trödelte ich herum, dachte nach und lernte, mich wieder an eine Welt anzupassen, die für mich in verschiedener Hinsicht aus den Angeln geraten war.

Ich sprach auch häufig mit Jasenka und besuchte sie einmal in der Woche, immer von Freund begleitet. Wenn das Wetter schlecht war und Jazz nicht nach draußen kommen konnte, ließ ich Freund bei Schwester Dornhelm in der Rezeption und holte ihn auf dem Heimweg wieder ab.

Eines Nachmittags betrat ich ihr Zimmer und bemerkte eine neue Riesenmaschine, die unheimlich und wichtigtuerisch neben ihrem Bett klickte. Die Schläuche und Drähte, die sie mit ihr verbanden, waren alle silbrig oder von einem schwachen Rosarot.

Was mich aber wirklich ins Herz traf, war der neue Pyjama, den sie trug: ein Star-Wars-Pyjama mit zwei Zoll großen Robotern und Wesen, die überall in allen Winkeln und Farben aufgedruckt waren. Sie hatte seit langem von diesem Pyjama gesprochen, schon bevor ich das Krankenhaus verlassen hatte. Ich wußte, daß ihre Eltern ihn ihr zum nächsten Geburtstag versprochen hatten, wenn sie brav war. Ich konnte nur vermuten, daß sie ihn jetzt wegen der neuen Maschine erhalten hatte, weil es vielleicht keinen weiteren Geburtstag mehr geben würde.

»He, Jazz, du hast den neuen Pyjama!«

Sie setzte sich auf und lächelte überglücklich, einen rosaroten Schlauch in der Nase, einen silbernen im Arm.

Die Maschine filterte und summte, ihre grünen und schwarzen Meßuhren registrierten Meßwerte und zeichneten Kurven auf, die alles sagten, aber nichts erklärten.

»Weißt du, wer ihn mir geschenkt hat, Egan? Freund hat ihn mir aus dem Laden schicken lassen. Er kam in einer Schachtel in meiner Lieblingsfarbe – Rot. Er beschaffte sich meinen Pyjama und sandte ihn mir in einer roten Schachtel. Ist er nicht wunderhübsch? Schau dir R2D2 an. Hier.« Sie deutete auf eine Stelle über ihrem Nabel.

Wir redeten eine Zeitlang über den Pyjama, Freunds Großzügigkeit, die neue Star-Wars-Figur, die ich für ihre Sammlung gekauft hatte. Sie brachte die Rede nicht auf Kathleen und ich auch nicht. Obwohl sie Kathleen in einer brüsken, gleichsam schwesterlichen Art mochte, hatte Jazz jetzt keine Zeit für »sie«, weil unsere Zeit zusammen weit knapper war als früher. Außerdem hatten Jazz und ich eine eigene Welt, die wir teilten und die aus Krankenhausklatsch, Schwätzen über Freund und Jasenka-Ciric-Geschichten bestand, deren letzte, »Ein Schoßhundberg«, ich mir wieder von Anfang bis Ende anhören mußte.

»›Und dann schenkte Freund Jazz den Pyjama, und sie hüpften ins Bett und sahen die ganze Nacht fern.‹«

»Freund hat ihn dir wirklich geschenkt, Jazz? Was für ein großartiger Bursche.«

»Ist er auch! Und weißt du was, Egan? Er hat mir gesagt, er wird es so einrichten, daß du den Wettbewerb gewinnst.«

»Welchen Wettbewerb?«

»Weißt du – den aus den Zeitschriften? Denjenigen, von dem du mir letztes Mal erzählt hast? Million Dollar Fly Away?«

»Ich werde eine Million Kröten gewinnen? Das wäre schön.«

Sie schüttelte den Kopf, die Augen geschlossen, und schob den rosaroten Schlauch zur Seite.

»Nein, nicht die Million Dollar. Du wirst die hunderttausend Dollar gewinnen. Den vierten Preis.«

Ein paar Minuten später (nachdem wir uns abgesprochen hatten, wie ich den Gewinn ausgeben würde), kamen Mr. und Mrs. Ciric herein. Der erschrockene Ausdruck in ihren Gesichtern, sobald sie neue Maschine erblickten, verriet mir, daß es Zeit war zu gehen.

Draußen in der Halle hielt mich Mrs. Ciric an und zog mich sanft beiseite. Sie blickte auf meine Krücken und berührte mich an der Hand.

»Die Ärzte behaupten, daß diese neue Maschine Wunder wirken wird, aber mein Mann, Zdravko, glaubt ihnen nicht.«

Da ich so viel Zeit mit Jazz verbracht hatte, fühlte ich mich mit Mrs. Ciric wohl und bewunderte sie sehr, daß sie die Kraft hatte, sich dieser fortwährenden Trauer jeden Tag ihres Lebens auszusetzen.

»Ich weiß wirklich nicht, ist es diese Maschine oder bloß der neue Pyjama, aber ich glaube, sie sieht heute wirklich gut aus, Mrs. Ciric. Ihre Wangen haben doch viel mehr Farbe.«

Sie blickte mich an und begann zu weinen. »Ich habe ihn für ihren Geburtstag gekauft, wissen Sie? Jetzt will ich nicht mehr an ihren Geburtstag denken, Egan. Ich wollte, daß sie ihn sofort bekam.« Sie versuchte zu lächeln. Dann wischte sie sich ungeniert die Nase mit der Hand ab. »Mütter sind sehr dumm, nicht? Ich habe unten Freund gesehen. Ich sagte zu ihm ›Gib mir die Hand!‹, und er hat es sofort getan. Jasenka hat ihn sehr gern. Sie behauptet, daß er sie manchmal anruft.

Sie drehte sich um und ging ins Zimmer zurück. Als ich das Krankenhaus verließ, stellte ich mir vor, wie sie und ihr Mann sich über das komplizierte Bett beugten und ihre Tochter mit hilflosen Augen beobachteten, um herauszufinden, womit sie beide das verdient hätten.

Ein paar Wochen vergingen. Ich kehrte an die Arbeit zurück. Die neue Maschine half Jazz. Kathleen übersiedelte mit ihrer übrigen Habe in meine Wohnung.

Eine der Fernsehgesellschaften rief an und fragte mich, ob ich bereit wäre, bei einer Show mitzumachen und darüber zu sprechen, wie ich Freund das Leben gerettet hatte. Ich überlegte es mir und entschloß mich dagegen: In den Zeitungen hatte es bereits genug Aufsehen erregt, und tief in mir sagte etwas, daß es nicht richtig war, das auszubeuten. Kathleen stimmte mir zu und umarmte mich innig, um es zu bekräftigen. Ich befragte Freund, während er eines Abends auf meinem Schoß lag, aber er hob nicht einmal den Kopf.

Das Leben würde nie zu der Normalität zurückkehren, die ich einst gekannt hatte, aber es *nahm* den Fuß tatsächlich ein bißchen vom Gaspedal und verlangsamte sich zur normalen Reisegeschwindigkeit. Die Dinge rauschten nicht mehr so verschwommen vorbei, und das war gut.

Der letzte Schimmer von Wahnsinn kam in Form eines großen eingeschriebenen Briefes von *Die Wahrheit*, dieses gottserbärmlichen Schmierblatts, das mit Schlagzeilen wie *Ich schenkte einem Lastwagen das Leben* protzte und überall an Supermarktkassen verkauft wird.

Ein Redakteur dort bot mir zweitausend Dollar für die Exklusivrechte an meiner Geschichte. Aber ihm zufolge war die Geschichte »nicht bunt genug«, daher wollte *Die Wahrheit* die Sache ein bißchen pfeffern, indem sie behauptete, Freund stamme entweder aus dem Weltraum oder vom untergangenen Kontinent Atlantis usw. usf.

Ich schrieb einen sehr netten Antwortbrief, in dem ich ausführte, daß ich sehr dafür sei, aber mein Hund mich über gewisse entscheidende Staatsangelegenheiten zu Stillschweigen verpflichtet hätte, so daß ich nicht frei entscheiden könne...

»Egan?«

»Jazz? Hallo, Kumpel! Wie geht es?«

»Nicht sehr gut, aber ich mußte dich anrufen, um dir zu sagen, was mir Freund soeben mitgeteilt hat.«

Unbewußt blickte ich mich nach dem Hund um. Er war auf der anderen Seite des Raumes und schaute mich an. Das rief ein kribbliges Gefühl in mir hervor.

»Er ist bei dir, nicht wahr?«

»Ja, Jazz, er ist hier.«

»Ich weiß. Er sagte, daß ich dir mitteilen solle, draußen stehe ein Mann, der dein Haus beobachtet. Paß auf, denn es handelt sich um Geheimagenten!«

»Also, Jazz –.« Ich holte tief Luft und hielt mich gerade noch zurück, sie am Telephon zu belehren, nicht zu lügen. Es war ganz in Ordnung, Sloothack-Geschichten zu erzählen. Es war in Ordnung zu behaupten, daß Freund manchmal mit ihr sprach. »Paß auf den Gauner vor deiner Tür auf« – solches Zeug war nicht in Ordnung.

»Oh, es kommt jemand, Egan. Ich muß gehen. Paß auf!«

Ich legte nach ihr auf. Als ich so dastand und den Hörer sah, fragte ich mich, was zu tun sei. Gegen mein besseres Wissen humpelte ich zum Fenster und spähte hinaus. Natürlich war niemand da.

Dann läutete es an der Tür. Das erschreckte mich so sehr, daß ich eine der Krücken fallen ließ.

»Eine Sekunde!« Als ich mich niederbeugte, um die Krücke aufzuheben, spürte ich, wie mein Herz klopfte. Es gibt Augenblicke im Leben, da ist man von solcher Furcht oder solchem Schreck erfüllt, daß wenig Platz für irgend etwas anderes bleibt.

Am ärgerlichsten daran ist, daß die Geringfügigkeit des Grundes, das Telephon, dessen Läuten einen aus der Versunkenheit in ein gutes Buch reißt, oder jemand, der von hinten an einen herantritt und einem leicht auf die linke Schulter klopft…

Meine Hand zitterte so sehr, daß ich für ein paar lange Sekunden nicht einmal imstande war, die verdammten Krücke aufzuheben. Die Türklingel ertönte neuerlich.

»Ich komm' schon. Warten Sie!«

»Mr. Moore?« Ein Briefträger stand dort mit einer Schreibunterlage in der Hand.

»Ja?«

»Ein Einschreibebrief. Unterzeichnen Sie hier.« Er blickte auf mein Bein, als ich das Gewicht verlagerte, um die Unterlage entgegenzunehmen.

»Ich habe über Sie in der Zeitung gelesen. Wo ist der Hund?«

Ich unterschrieb und gab die Unterlage zurück. »Irgendwo hier. Kann ich den Brief haben?«

»Ja, natürlich, da ist er. Das muß wirklich ein besonderer Hund sein, daß Sie so etwas tun.«

Sein Tonfall machte mich stutzig, und er schaute unablässig mein Bein an. Ein Geheimagent! Ich blickte nicht einmal auf den Brief. Ich wünschte bloß, er wäre fort, die Tür wieder zu, und mein Herz würde sich beruhigen.

»Haben Sie einen Preis oder so etwas bekommen?«

»Wofür?«

»Daß Sie Ihren Hund gerettet haben! Wissen Sie, vom Tierschutzverein oder dergleichen.«

»Nein, aber ich verrate Ihnen etwas. Er nimmt mich auf den Mars mit, wenn er das nächste Mal dorthin fährt!«

Ich blickte ihn fest an und grinste so verrückt, wie ich es nur konnte. Er trat einen Schritt zurück und machte, daß er wie der Blitz wegkam.

Nachdem ich den Brief gelesen hatte, rief ich Kathleen an ihrem Arbeitsplatz an und erzählte ihr, daß ich bei einem Wettbewerb zehntausend Dollar gewonnen hätte.

Am anderen Ende herrschte Schweigen. Im Hintergrund konnte ich Schreibmaschinen klappern hören.

»Jazz hat dir das schon früher gesagt.«

»Ja, aber sie behauptete, ich würde *hundert*tausend gewinnen.

Nicht zehn!« Zu laut, zu erschreckt. Ich schloß die Augen und wartete, hoffte, daß Kathleen das Schweigen brechen würde.

»Was wirst du tun?«

»Ich weiß es nicht. Oh, Freund ist gerade hereingekommen.«

Er tappte über den Boden und ließ sich unter dem Telephontischchen nieder, ohne mich anzublicken.

»Kathleen, wie kommt es, daß mich mein Hund plötzlich nervös macht?«

»Ich –«

»Und wie kommt es, daß dieses Geld da ist?«

An diesem Abend gingen wir beide ins Krankenhaus, um Jazz zu besuchen. Wir ließen Freund in seinem Lieblingsstuhl schlafend daheim zurück.

Diesmal waren es mehr Schläuche. Dieselbe Maschine wie zuvor, bloß eine ganze Menge weiterer Schläuche, die von verschiedenen Teilen ausgingen, sich unter der Decke zu ihrem Leib stahlen.

Sie sah krank aus. So sehr, daß mein erster Gedanke war, als ich sie sah, daß sie sterben würde. Grausam und wahr und offenkundig: sie würde sterben.

Die linke Seite ihres Mundes hob sich ein wenig zu einem Lächeln, als sie uns erblickte. Es war das müdeste, gottergebenste Lächeln, das ich je gesehen hatte.

Kathleen blieb an der Tür stehen, während ich zum Bett hinüberging. Jazz' Augen wanderten von mir zu Kathleen und wieder zurück, um zu sehen, was wir tun würden.

Ich lehnte die Krücken gegen die Wand und ließ mich unbeholfen in dem Stuhl neben dem Bett nieder. »Hallo, Kindchen.«

Wiederum das Lächeln und ein Fingerzucken einer ihrer Hände, die gekreuzt auf der kleinen Erhebung ihrer Brust lagen.

»Du hast gewonnen, nicht wahr?« Die Stimme klang dick und schleimbelegt.

Ich hatte vorgehabt, spaßig, aber ernst zu sein, wenn wir sprachen, aber meine Pläne paßten nicht zu ihrer gebrochenen Energie. Hier regierte der Tod, sie war sein Vertreter, daher hielt sie alle Karten in der Hand.

»Kann ich allein mit dir sprechen, Egan?«

Das kam so ruhig hervor, daß ich sicher war, daß es Kathleen nicht gehört haben konnte, aber ich zuckte nichtsdestoweniger zusammen.

»Kat, würde es dir etwas ausmachen, uns eine Zeitlang allein zu lassen?«

Sie nickte, halb mitleidig, halb verwirrt, ging und schloß leise die Tür hinter sich.

»Kathleen trifft sich manchmal mit einem anderen Mann, Egan. Sein Name ist Vitamin D. Manchmal behauptet sie, zur Arbeit zu gehen, aber statt dessen geht sie zu ihm nach Hause.« Sie beobachtete mich, während sie sprach, die Augen leer, ihre Stimme jeder Art von Ausdruck bar. Dann langte sie herüber und ergriff meine Hand so sanft, wie man eine Nadel aufhebt, die zu Boden gefallen war. »Frag sie nur. Freund hat es mir schon zuvor gesagt. Er meint, du solltest es wissen.«

Unsere Fahrt nach Hause verlief schweigend. Der Wind hatte an Stärke zugenommen. Alles wurde hin und her gepeitscht und verharrte dann wieder reglos.

Ich war an der Reihe, für das Abendessen zu sorgen, daher ging ich gleich in die Küche, sobald wir in der Wohnung waren. Kathleen stellte den Fernseher im Wohnraum an. Ich hörte sie etwas zu Freund sagen, das wie eine Begrüßung klang.

Ich goß Wasser in einen Topf für Spaghetti und dachte an die zehntausend Dollar. Ich gab Butter und gehackten Knoblauch in eine Bratpfanne und dachte an Vitamin D, wer immer *das* war.

»Oh, verdammt! Freund, hör auf damit! Freund! Nein!«

»Was ist los?«

»Nichts. Freund ist bloß mit seinem Knochen auf die Couch gesprungen. Er hat einen Fleck gemacht. Ich kümmere mich darum.«

Sie kam kopfschüttelnd in die Küche. »Dieses Untier! Ich sage ihm immer wieder, er soll das bleiben lassen. Das ist das erste Mal, daß er mich je angeknurrt hat.« Sie lächelte und schüttelte den Kopf.

»Er ist an meine alte Couch gewöhnt. Der hat es nichts ausgemacht.«

Sie machte einen großen Umstand an der Spüle, holte sich einen Lappen, ein Reinigungsmittel und drehte den Hahn auf. »Nun, das ist eine neue Couch und ein neuer Tag!«

»Kat, warte einen Moment, ja? Ich möchte dich etwas fragen. Kennst du einen Burschen namens Vitamin D?«

»Einen *Burschen* namens ›Vitamin D‹? Nein, aber ich kenne den Burschen, der es gegründet hat. Victor Dixon. Er ist der Lead-Gitarrist.« Sie drehte das Wasser ab und drückte den Lappen im

Becken aus. »Was weißt du über Vitamin D? Du hörst doch niemals Rockmusik.«

»Wer ist Victor Dixon?«

»Ein alter Freund von mir, der die Gruppe gegründet hat. Sie fangen gerade an, Erfolg zu haben. Soeben ist ihr erstes Video auf MTV gelaufen. Hast du es gesehen?«

Das Wasser hatte zu kochen begonnen. Ich wollte die Spaghetti hineinwerfen, brachte es aber nicht zustande. Zu... erschreckt?

»Was hat es mit... Was hat es zwischen euch gegeben?«

Sie kreuzte die Arme und seufzte. Ihre Augen glitzerten. »Eifersüchtig, ja? Das ist gut! Also, ich kannte ihn im College. Nachher verschwand er einige Jahre lang, dann tauchte er eines Tages wieder auf, und wir waren einige Monate zusammen. Er war mehr Freund als Liebhaber, auch wenn eine Reihe von Leuten glaubte, zwischen uns liefe etwas. Warum fragst du? Wie sind wir darauf gekommen?«

»Jazz hat mir gesagt –«

Freund begann im anderen Zimmer wie verrückt zu bellen. »Freund! Freund! Freund!« Es klang, als wäre er total übergeschnappt. Kathleen und ich blickten einander an und setzten uns in Bewegung.

Im Fernsehen schlug ein Mann ein weißes Seehundbaby mit einem Holzknüppel über den Kopf. Der Seehund schrie, während von seinem Kopf dunkles Blut auf den Schnee spritzte.

Freund stand neben dem Apparat und bellte.

»Freund, hör auf!« Er hörte nicht auf.

Im Fernsehen zwängte ein Mann mit einer Brechstange eine Holzkiste auf. Darin befanden sich zehn tote Papageien, in einer farbigen, geordneten Reihe miteinander verklumpt. Durch das Bellen vernahm ich ewas von der gesetzwidrigen Einfuhr seltener Vögel in die Vereinigten Staaten.

»Freund, sei still!«

»Oh, Egan, sieh doch!«

Ein Hund war auf einen Operationstisch geschnallt. Sein Magen war weit aufgeschnitten und seine Lefzen krümmten sich über die Zähne.

Genau das, was wir damals brauchten – eine besondere Sendung im Bildungsfernsehen über Tierquälerei.

Es war ein unmöglicher, unheimlicher Tag gewesen, einer, an dem man nur noch die Arme hochwerfen und nach dem Abendessen sofort zu Bett gehen und hoffen kann, daß es damit sein Bewenden hat.

Aber die Luft war erfüllt von etwas Falschem und Tiefgründigem, und es kam mit uns so weit, daß nach dem Abendessen alles hervorbrach.

Victor Dixon gab es noch immer. Nein, sie hatte ihn nicht *angerührt*, seit wir zusammen waren. Ja, er rief sie manchmal an ihrem Arbeitsplatz an. Ja, sie waren ein- oder zweimal Mittagessen gegangen. *Nein,* es war zu nichts gekommen. Glaubte ich ihr nicht? Wie konnte ich das auch nur denken?

Ich sagte, ich wollte ihr nur allzugern glauben, aber warum hatte sie mir nichts von ihm erzählt?

Weil das die Sache nur komplizierter machte...

Unsere Stimmen wurden lauter, und das Abendessen, ein gutes Abendessen, wurde kalt.

Freund blieb bis etwa zur dritten Runde bei uns, dann schlich er mit eingezogenem Kopf und Schwanz aus dem Zimmer. Ich hatte das Gefühl, als müßte ich ihm befehlen zu bleiben: Hatte er diesen Krieg nicht überhaupt erst ausgelöst?

»Und wie sieht dann *deine* Definition von Vertrauen aus, Egan? Wie weit du mich treiben kannst?«

»Oh, laß das, Kathleen. Wie würdest du dich fühlen, wenn du an meiner Stelle wärst? Sieh die Lage von der anderen Seite.«

»Ich würde mich prächtig fühlen, danke. Denn ich würde *glauben,* was du mir erzählt hast.«

»Na so was, du bist eine wahre Freundin.«

Das genügte. Sie stand auf und ging, bebend vor Zorn.

Während ich wartete und mich quälte, rief Jasenka innerhalb einer Stunde zweimal an.

Das erste Mal sagte sie nur, daß Kathleen in Vitamin D.s Haus war, und gab mir seine Telephonnummer.

Ich rief an. Eine schläfrige Stimme mit Südstaatenakzent meldete sich. Ich verlangte sie.

»He, Junge, wissen Sie, wie *spät* es ist? Kat ist nicht da. Ich habe sie seit Tagen nicht gesehen. Jesus, wissen Sie, wie spät es ist? He, wo haben Sie überhaupt diese Nummer her? Das ist eine Geheimnummer! Hat Kat sie Ihnen gegeben? Mann, der werde ich es zeigen, wenn ich sie treffe. Sie hat mir versprochen, sie an niemanden weiterzugeben.«

»Hören Sie, es ist wirklich wichtig. Ich wäre Ihnen dankbar, wenn Sie mich mit ihr reden ließen. Ich bin ihr Bruder, und es gibt sehr ernste familiäre Schwierigkeiten.«

»O nein, tut mir wirklich leid. Aber sie ist nicht hier, ehrlich. Warten Sie eine Sekunde, ich habe diese andere Nummer, wo Sie sie vielleicht erreichen.«

Er gab mir meine Nummer.

Der zweite Anruf von Jasenka dauerte länger. Ihre Stimme war das Wispern eines Kindes in das Elternohr. Die Worte wurden langsamer und erstarben am Schluß jedes Satzes.

»Egan? Ich bin es wieder. Höre, du mußt mir zuhören. Die Tiere erheben sich. Es geschieht viel früher, als ich glaubte. Sie töten alle. Sie haben genug. Nur ihre Freunde werden gerettet werden. Jedes Tier in der Welt wird es tun. Sie töten jeden.

Beschaff dir eine Landkarte, sobald du auflegst. In Griechenland gibt es eine Insel namens Formori. *F-O-R-M-O-R-I.* Du mußt morgen sofort dorthin fahren. Alles beginnt in drei Tagen.«

»Jazz –«

»Nein, sei ruhig! Formori ist der Ort, wo sie einige Leute am Leben lassen werden. Leute, die Freunde der Tiere sind. Freund sagt, du kannst dorthin fahren und am Leben bleiben, sie lassen es zu. Aber nicht Kathleen. Sie wollte ihm seinen Knochen nicht gönnen. Bitte, bitte, fahr, Egan. Auf Wiedersehen. Ich liebe dich!«

Es war das letzte Mal, daß ich je mit ihr sprach. Als ich zwanzig Minuten später das Krankenhaus erreichte, erzählte mir eine Krankenschwester mit trauriger Miene, daß sie soeben gestorben war.

Nun ist es beinahe drei Uhr dreißig am Morgen. Ich habe in meinem Weltalmanach nachgesehen, und da lag es: *F-O-R-M-O-R-I.*

Ich ließ Freund vor drei Stunden hinaus, und er ist noch nicht zurückgekommen. Kathleen auch nicht.

Der Mond ist noch immer außergewöhnlich hell. Als ich vor ein paar Minuten in der offenen Eingangstür stand, erblickte ich etwas, was aussah wie Tausende und Abertausende von Vögeln, die in starrer, fester Formation über sein ruhiges, leuchtendes Antlitz flogen.

Ich muß mich bald entscheiden.

252/1/9.88

Dick: Mozart für Marsianer. PhB 70. st 773
– UBIK. PhB 15. st 440
Die dunkle Seite der Wirklichkeit. PhB 199. st 1444
Lord Dunsany: Das Fenster zur anderen Welt. PhB 161. st 1189
Der Eingang ins Paradies. PhB 219. st 1566
Die Ermordung des Drachen. PhB 203. st 1481
Franke: Der Atem der Sonne. PhB 174. st 1265
– Einsteins Erben. PhB 41. st 603
– Endzeit. PhB 150. st 1153
– Der grüne Komet. PhB 231. st 1628
– Hiobs Stern. PhB 223. st 1588
– Die Kälte des Weltraums. PhB 121. st 990
– Keine Spur von Leben. PhB 62. st 741
– Paradies 3000. PhB 48. st 664
– Schule für Übermenschen. PhB 58. st 730
– Sirius Transit. PhB 30. st 535
– Die Stahlwüste. PhB 215. st 1545
– Tod eines Unsterblichen. PhB 69. st 772
– Transpluto. PhB 82. st 841
– Ypsilon minus. PhB 3. st 358
– Zarathustra kehrt zurück. PhB 9. st 410
– Zone Null. PhB 35. st 585
Franke/Weisser: DEA ALBA. PhB 207. st 1509
Gardner: Grendel. PhB 227. st 1611
Grabiński: Dunst. PhB 228. st 1612
Grin: Der Rattenfänger. PhB 168. st 1239
Gruber: Die gläserne Kugel. PhB 123. st 997
– Zwischenstation. PhB 216. st 1555
Hasselblatt: Marija und das Tier. PhB 209. st 1511
Hodgson: Geisterpiraten. PhB 188. st 1352
E. T. A. Hoffmann: Der Magnetiseur. PhB 190. st 1366
Horstmann: Das Glück von Omb'assa. PhB 141. st 1088
Ist Gott ein Taoist? Und andere Rätsel. PhB 162. st 1214
Jarzebski: Zufall und Ordnung. PhB 180. st 1290
Jenseits der Träume. PhB 224. st 1595
Kellermann: Der Tunnel. PhB 179. st 1283
Kornbluth: Der Altar um Mitternacht. PhB 189. st 1359
– Der Gedankenwurm. PhB 195. st 1434
Die Stadt der Katzen. PhB 151. st 1154
Lem: Also sprach GOLEM. PhB 175. st 1266
– Altruizin und andere kybernetische Beglückungen. PhB 163. st 1215
– Die Astronauten. PhB 16. st 441
– Frieden auf Erden. PhB 220. st 1574
– Der futurologische Kongreß. PhB 29. st 534
– Imaginäre Größe. PhB 47. st 658
– Die Jagd. PhB 18. st 302
– Das Katastrophenprinzip. PhB 125. st 999
– Lokaltermin. PhB 200. st 1455
– Memoiren, gefunden in der Badewanne. PhB 25. st 508
– Memoiren, gefunden in der Badewanne. Der Schnupfen. Zwei Drehbücher. PhB 226. st 1604

252/2/9.88

252/3/9.88

Smith: Das Haupt der Medusa. PhB 221. st 1575
Steinmüller/Steinmüller: Pulaster. PhB 204. st 1490
– Der Traum vom Großen Roten Fleck. PhB 147. st 1131
Strugatzki/Strugatzki: Montag beginnt am Samstag. PhB 72. st 780
– Der ferne Regenbogen. PhB 111. st 956
– Fluchtversuch. PhB 89. st 872
– Die gierigen Dinge des Jahrhunderts. PhB 79. st 827
– Die häßlichen Schwäne. PhB 177. st 1275
– Ein Käfer im Ameisenhaufen. PhB 152. st 1160
– Eine Milliarde Jahre vor dem Weltuntergang. PhB 186. st 1338
– Picknick am Wegesrand. PhB 49. st 670
– Die Schnecke am Hang. PhB 13. st 434
– Die Wellen lassen den Wind ersterben. PhB 206. st 1598
– Die zweite Invasion der Marsianer. PhB 139. st 1081
Viktorianische Gespenstergeschichten. PhB 187. st 1345
Wakefield: Der Triumph des Todes. PhB 181. st 1291
Weisser: DIGIT. PhB 90. st 873
– SYN-CODE-7. PhB 67. st 764
Whitehead: Der Zombie. PhB 172. st 1255
Wolfkind: Die Boten des Frühlings. PhB 167. st 1230
Wyndam: Wiedergeburt. PhB 192. st 1386
– Die Kobaltblume. PhB 202. st 1474
– Wenn der Krake erwacht. PhB 212. st 1535
Zondergeld: Lexikon d. phantast. Literatur. PhB 91. st 880

252/4/9.88

suhrkamp taschenbücher
Eine Auswahl

2/1/8.86

2/2/8.86

2/3/8.86

2/4/8.86

2/5/8.86

2/6/8.86

2/7/8.86